或许与你有关

卢圣虎 著

图书在版编目（CIP）数据

或许与你有关 / 卢圣虎著. -- 武汉：长江文艺出版社，2019.5
ISBN 978-7-5702-0798-5

Ⅰ.①或⋯ Ⅱ.①卢⋯ Ⅲ.①诗集－中国－当代 Ⅳ.①I227

中国版本图书馆 CIP 数据核字(2019)第 016894 号

| 责任编辑：胡　璇　王成晨 | 责任校对：毛　娟 |
| 封面设计：庄　繁 | 责任印制：邱　莉　王光兴 |

出版：长江出版传媒　长江文艺出版社
地址：武汉市雄楚大街 268 号　　　邮编：430070
发行：长江文艺出版社
http://www.cjlap.com
印刷：武汉市首壹印务有限公司

开本：880 毫米×1230 毫米　　1/32	印张：9　　插页：2 页
版次：2019 年 5 月第 1 版	2019 年 5 月第 1 次印刷
行数：5130 行	

定价：39.00 元

版权所有，盗版必究（举报电话：027—87679308　87679310）
（图书出现印装问题，本社负责调换）

目 录

卷一 何所予,何所安

给亲人 / 003

临水庐 / 004

竞岗记 / 005

这个无辜的少年总是睡至正午 / 006

三条线 / 007

外婆桥 / 009

请让我做完整的梦 / 010

鸟,还有鸟笼 / 011

葬礼 / 012

如果你是一张白纸
　　——献给儿子的18岁生日 / 013

叮咛 / 015

无辜者 / 016

父亲的庄稼 / 017

车厘子 / 018

宽容其实是极致的挑剔 / 019

后来 / 020

腊月光谷 / 022

花儿向东流 / 023

致失明的母亲 / 024

距离 / 026

陪女人逛商场 / 027

噩梦 / 028

明天 / 029

总有一种痛楚如芒在背 / 031

人间四月 / 032

风光还是最初的好 / 033

数学问题 / 034

深埋 / 037

何所予，何所安 / 038

醒着过生日 / 039

衰老之症 / 040

复调 / 041

命运论 / 042

妥协 / 044

在一起 / 045

渐行渐远的琴声 / 047

7月5日记事 / 048

卷二　彼时的美

阴影之南
　　——太湖访友归来 / 051

下乡记 / 053

古竹的梦 / 054

余笑忠的哭 / 055

婚姻登记处 / 057

雕塑 / 058

隔壁 / 059

致生长的植物 / 060

下雨是有含义的

　　——致赴黔的海兄 / 062

恭候 / 063

大师 / 064

死于意外

　　——写给因一位孩子出车祸而自杀的母亲 / 065

十年 / 066

路过 / 067

暗伤复发 / 068

族谱 / 069

彼时的美 / 071

三月读张枣 / 072

地图上的友谊 / 074

戊戌年仲春拜访恩师 / 075

窗

　　——致朱翊 / 076

有朋自远方来 / 077

在海子故居 / 078

赴太湖访友遇雨 / 079

关于不吃早餐的争论 / 080

我群居着，还是感到孤单 / 081

每天都在告别 / 082

每个人都有一杯泪水 / 083

鱼族 / 084

致死者 / 086

苏州路上的脸 / 087

找一个人对饮 / 088

远比近好 / 090

卷三　夜樱

夜樱 / 093

不只是多出一个诗人
　　——与曹忠胜兄和诗 / 094

水果的命运 / 095

回家 / 096

穿过夜晚的盲者 / 097

我的文学史 / 099

我与物质的区别 / 100

变化 / 101

石头 / 102

神已安排好了人间 / 103

下半辈子 / 104

游记 / 106

对不起 / 107

重要的事 / 109

过日子 / 110

火焰之死 / 111

简历 / 112

我拒绝,是为了被接纳 / 113

雪将身后掩埋 / 114

大隐 / 115

这双手 / 116

一个短于言辞的局中人 / 118

一个不爱哭的孩子 / 119

面目 / 120

我拨开喧闹与天空耳语 / 121

我只向微小的事物低头 / 122

我喜欢 / 123

此后 / 124

抽烟 / 125

城里人 / 126

角度 / 127

铜草花 / 128

方位论 / 129

卷四　物语

樱花颂 / 133

星星 / 134

好东西都藏在泥土里 / 135

江滩观月 / 136

一花一草一木 / 137

听雨 / 138

核桃 / 139

像花儿一样点缀人间 / 140

十支烟 / 141

贱骨头 / 143

棉花 / 144

出租屋的行李 / 145

景德镇求知弄 10 号 / 146

海市蜃楼是另一个世界 / 147

栅栏 / 148

服装店 / 149

写于霜降 / 150

冬天来了 / 151

羽毛 / 152

一地玻璃 / 153

咏雪 / 154

十二月的村庄 / 155

冬日 / 156

老家的狗 / 157

盼雪 / 158

换眼镜 / 159

走出电影院 / 160

台历 / 161

天上人间 / 162

红月亮 / 164

一节车厢 / 165

乡下的年景 / 166

小狗过年 / 167

城市与农村 / 168

火车上 / 170

白色床单 / 171

车过马王堆汉墓 / 172

卷五　风吹过来

叙利亚 / 175

玻璃的一种 / 176

书论斤卖 / 177

一秒到底有多长 / 178

躲 / 179

红椅剧场的十字路口 / 180

风吹过来 / 181

心疼那被遮蔽的部分 / 182

我的前半生 / 183

人到中年 / 185

羞愧 / 187

天堂偏左 / 188

定数 / 189

停不下来的蹉跎 / 191

私人问题 / 192

他乡（组诗） / 194

在旅途 / 201

词语 / 202

忙 / 203

北京时间凌晨三点 / 204

倘若 / 205

路上 / 206

生与死 / 207

雨水·浮物 / 208

历史不是买卖 / 210

稻草人 / 211

真相 / 212

夜 / 213

暗 / 214

赶火车 / 216

签字 / 217

吾有眼疾 / 218

纸命 / 219

一个人和他的身后事 / 221

茵特拉根广场的鸽子 / 223

卷六　天虹花园

爱情 / 227

天虹花园 0 号 / 229

从车站到车站 / 231

偶然 / 233

侧面 / 235

有风吹过 / 236

暗道 / 237

灵犀 / 238

鼠 / 240

与妹书 / 242

不可宽恕的如果 / 243

我的母亲 / 244

附录：评论与跋

诗行里悟出的真如 / 马竹 / 245

歌声在远方与近处徘徊 / 李鲁平 / 252

"给所有知道我名字的人"
　　——读卢圣虎的诗 / 荣光启 / 260

跋 / 273

卷一

何所予,何所安

生活中有很多线交叉着
有时浓缩成圆点
交叉后又分开
来世也不会重逢

——《三条线》

给亲人

我把走过的路切成果实
但不够亲人们分享
我还要再次走进密林
或者另辟蹊径
寻一条没有人走过的路
把收获寄给你
写下诗歌立为路标
你看到江湖就要返回
那是我无法渡过的河岸
每到七月,雨水泛滥
从平原打捞的浮木
是你雕琢人间的
唯一遗产

临水庐

你一定要来我新修的故乡
它叫戴市临水庐
曾经澎湃的河流人欢鱼跃
有芦苇总是诗意地飘
一棵柿子树长成质朴的标志
牛粪和草垛似已绝迹
满眼都是自然生长的事物
荷池在静候夏的归来
鸡犬不再向往鸟窝
河水终年潺潺
港汊已恢复嬉戏的样子
平原开阔,大美微澜
你打马经过丁字形街市
空中花园就会向你招手

竞岗记

爱人单位要竞岗了
她报了两个岗位
但据说没戏

熬夜写演讲稿,字斟句酌
改了一遍又一遍
声情并茂地在家反复朗读
一再要我指点
是否有足够的敬意和谦虚

她年过四十
月薪二千八
竞争上了能涨一千
为此,她练习了很久
昨晚还特意买了根便宜的甘蔗
她说,得先让自己尝点甜头

今早八点,仪式将开始
她六点半就出门了

这个无辜的少年总是睡至正午

这个无辜的少年总是睡到正午
外面起风了,他把玻璃门都关上
母亲某一天被送进了医院
那天有风,我和他沐浴的阳光是残缺的
屋子里再也听不到争吵,也缺了唠叨
就是不缺睡眠,不缺孤单

这个无语的少年总是睡到正午
他似乎什么都知道,但不说出来
亲人的问候穿透不了一修再修的耳机
他在梦里应该问了很多
没有人回答他,醒来
一切是那么不着边际

这个无畏的少年总是睡到正午
课本丢在一边,漠视零钞浸透的汗水
学会了做饭,修电器,把衣服晾晒叠好
以为满血复活可以游戏人生
其实是减法在主持世界

三条线

她住在病房里
他守在家中
他在跑圈

她担心他的高考
他以为她很快就会回来
他忧虑闹钟叫不醒他

她从玻璃里看到外面
孩子与影子一样长
他通过胃判断时间
坐着比外出安稳
他被气候包围
一会儿是火,一会儿是冰
她已很久没看到星星
他已很久没与旁人搭话
他已很久没谈论自己了

他们曾经是一个点
现在是三条线
两条线是平行的

一条在中间游荡

生活中有很多线交叉着
有时浓缩成圆点
交叉后又分开
来世也不会重逢

外婆桥

是什么将江河连接
她想看看新修的长江大桥
走了很远的路
就是没有上桥走走
这是她一生见过的最大的桥
江水滚滚
车水马龙惶然
生前是很多晚辈间的桥
太窄,总是不停地摇晃
见过了大桥
她在天堂里更加担心
亲人们如何蹚过那些滔滔的河流

请让我做完整的梦

似乎就坐在公园里
雕琢梦寐以求的金银首饰
有手伸向我
原谅我不懂这是疼爱
原谅我
不喜欢梦中醒来
白昼理不清的结
用整个夜晚捋
梦里安详
一个人主演
所有亲爱的人受益

请让我做完整的梦
再使我燃烧
这节烟花的末梢
等着仪式献上自己
夜越深
火焰越灿烂

鸟,还有鸟笼

有只鸟
总是长不大
它的食物是送来的
它的肉体是一次再生
林子是苦心设计的
它的归宿就是天空

它不停地张望着
以为笼子会伤害翅膀
不知道行走的沉重
一片叶子也会压垮它
众多的鸟
豢养在鸟笼里
原本为了更好地飞翔

葬 礼

有几辆车从远方赶来
船只暂时搁浅
打鱼的人终究还是走了
湖风吹过弄堂也了无生趣
人们在禾场上穿梭着
屋里屋外全是香火
只有布幡充满哀伤
终于可以看戏了,吃流水席
见道士,听乐鼓,放鞭炮
一生不愿操持的全部由后人完成
此刻,我们听不清对方的问候
沉默其实是最好的送别
场外有一个呆坐的老者
她在惊慌还是在向往
一个伙伴老去的仪式
如此昂贵,如此忙碌
但愿自己就是那个静卧不语的主人
留下一长串名字
就可以含笑进入天堂

如果你是一张白纸
——献给儿子的 18 岁生日

如果你是一张白纸
我就是紧握的画笔
底色黑白分明
彩笔可以涂满你喜欢的颜色

如果你是一张白纸
我就是随身携带的橡皮
随时涂改一些小误差
不需要推倒重来

如果你是一张白纸
我就是伸缩自如的尺子
美景往往曲直相间
你的路会更饱满更简洁

如果你是一张白纸
我愿意是画出的白云蓝天
你在纸上自在地飞翔
我注视着并随你而飘荡

如果你是一张白纸
我愿意是永不褪色的镜框
这幅画由你来完成
我映衬着,到哪里都令人向往

叮咛

早起，热干面加米酒
她一定要叫醒我
我没有过早的习惯
在洪湖，这是福人
只有苦命人才起早贪黑

吃饭要碗中一粒不剩
家里当一尘不染
出门记得照镜子，关灯
她啰唆日常起居的所有细节
其实是在抢救不多的余生
使之更光鲜，更长远
自然而然，像日和月
忠于人间的作息
远离睡不醒的梦游者

无辜者

来到人间
初始都是无辜的
因为要度过
才会出现偿还
那些只有自知的罪过
留下生生不息的
给予或清算
唯有一路自证
贴近地面的苦乐荣华
直到诞生下一个无辜者

父亲的庄稼

父亲的庄稼挤在牛栏里
一车廉价的蔬菜要贩往很远的街市
星辉追赶着晨光
归来,是刚刚升起的太阳

如今他老了,庄稼流落四方
不用低头唤醒沉睡的泥土
抬头,如田野一般空旷
一群纷飞的鸟雀在空中扑腾
就在不远处,但触不可及

他仍要攒够过年的鸡鸭鱼肉
挂在显眼而衰老的屋檐
让孩子们一望而知
绕膝,围炉,蛙声迎月
讲起得意或后悔的故事

车厘子

从城北逛到城南
我默念着车厘子的名字
这是一种我从未见过的水果
在花园小区水果店
我终于找到了爱人艳羡的幸福
挑了一些饱满而含羞的紫
犹如抱回了今晚的月亮

宽容其实是极致的挑剔

宽容是一种美德
挑剔也是

宽容在维护秩序
挑剔保持质地

宽容是手段,挑剔是目的
它们是幸福生活开出的两朵花

当宽容降至极致
挑剔便会下雨落雪

宽容呈现无所谓的样子
挑剔开始挣扎

人们以为宽容是善良
一寸一寸沦陷,其实是伤害或怕伤害

善待宽容,挑剔才有和蔼的光芒
比如相爱的两个人及所有离散

后　来

当我从龙口撤退，丢掉唯一一件行李
我在青山湖边度过了无数个漫长的冬天
我把雪当作天赐的棉被
枕着公园的台阶任大江东流

内蒙古草原随处可见豢养的骏马
刀郎送我一朵盛开在燕园的花
远方来信邀我共赏孤独的晚秋
我成全既定的归期，属于到此一游

一路公交车再次送走一个疲惫的过客
带上可以流传的诗稿浪迹天涯
在中关村，心疼中窑的铁轨为何停运
飞鸽传来她独自绘就的秘密花园

有一把雨伞撑起阴郁的夜空
温暖从华新路延续到新街口
我辜负了天籁馈赠的偶然
多年以后仍然悲伤这难以涂改的潦草

深夜沉迷打铁，她呼唤贪玩的大扬

让孩子们在江滩无忧无虑地交往
共同拽紧的风筝飘到橘子洲头
这枚橘红告别郓城时选择了蓝天

我愿意在富河边长久地停驻
隔窗相望，握手从黎明开始
决定不再错过属于黄玫瑰的雨夜
六年了，在雨中等出累累伤痕

一张张零钞经过很多人的手
没想到多年以后一再被我随意地花掉

冬去春来总有意想不到的补偿
没想到多年以后还是路过的牵挂

石头一天天风化，海在别处汹涌
将重复的事删减得有始有终
后来，还以前的债，攒来世的缘

腊月光谷

她把过去叫作丢失
我宁愿视为珍藏

走着走着总会分散
聚久了就会离别

风不在时,花回到安静
香气裹在红帽秀发里
影院今天不上演情感故事
我走向拥挤的出口
那袭黑裙仍关在玻璃门后
彻底地疼痛

我把过去叫作磨难
花儿最好远远地欣赏

等着等着就会衰败
遇见了,就是永远的美好

花儿向东流

如果你在意,一定想
看到我未来的样子

美女东行,半天节日
为一段朦胧的故事送别
不想过早知晓未来的灰色调
温软如梦,江南适宜痛饮
说出爱和远方,湖水
拒绝为你疗养。夜里辗转
编出一个孝顺的理由
白天敲开诗意之门
令我惊讶静如死水的汹涌
点燃一支香烟,缠绕你
所想,包括远去的
拥抱、酒和背影
一直没有回头,是否
与你的挣扎有关

如果你不介意,我会想象
花朵颠沛流离的样子
如同欲言又止的昨天

致失明的母亲

你看到的光,是从前
父亲拉着板车贩菜的凌晨
太阳刚刚高过树梢,背影
该回来了。泥泞尽染你心酸的泪滴

你看到的光,是我
在樱花树下与寒梅相守的影子
一株莲荷在河港摇曳
人迹使百花憔悴,欣喜我幸存

你看到的光,是屋后
一排排白杨,现在已成墓地
你没有见过的光,是车马
夜里奋蹄追月,奔向回家的路

现在,你说只能看到夕阳
眼里没有黑暗,田野单调
而寂寥。常年坐在干涸的河边
风是手杖,捎来你所感知的冷暖

我是你的眼。录制关于你的诗篇

呈现一段越来越沉静的光芒
用以陪伴你,还是从前那么清澈
还是你叮嘱过的,与世无争的蔚蓝

距 离

我躺在她身边
她不会梦见我

我离她百米之遥
她总能在梦中找到我

我在地上煎熬
她再苦也含笑

我若在地下安睡
她会不停地哭

陪女人逛商场

每次陪女人逛商场
我都紧紧攥着她的手
不是担心她走失
而是害怕她在柜台前停留

珠宝首饰常设在一楼出口处
我一般会飞快地绕行
跑到店外点燃一支香烟
看着她一步一回头的馋样
就会羞愧地想起平时散步
也是紧紧攥着她
不是担心她摔倒
而是害怕她弃我而去

我喜欢这样的状态
总是紧紧攥着她
一起心酸,一起到老

噩 梦

她做了一个不好的梦
夜半哭泣不已
我小心地安慰她
所有的梦都是假的
我做了一生的梦
没有一个梦想成真

屋内突然静止
她哭得更加悲伤
似乎仍没有从惊梦中醒来

明 天

这个冬天要告别很多事情,
只有我知道全部。
有一些动作要在车里完成,
以为一气呵成,
最终半途而废。
我不喜欢矫情而心猿意马的聚集,
就像阳光在流淌,而清纯在节省。
你已知结果,旁人还在痴痴解答。

画一个圆在你的耳朵和唇齿之间,
就是画一个念想,一种不对称的缠绵。
有些可以预设,今天只能止于预设。
让忙碌忘掉悲伤,
赶往一个又一个世故的磁场,
我知道你已到下一站。

明天要照集体合影,
我决定带上最温暖的诗篇,
还应该为春哥写出闪闪的湖光,
让海兄在返乡时朗诵。
那天最好有雨,

是每一次重要开始的铺陈，
在路上思量孤雁的方向，
下一个出租屋离你如何遥远，
行囊已经打湿。

总有一种痛楚如芒在背

我看到她们笑
就好像看到她们悲伤

我听到她们自语
就好像闻到了花开的惊惶

我时常感到疼痛
一定是亲人在无助地远望

我不知道忍过了这一夜
天明是否有美好的补偿

总有一种痛楚如芒在背
就是不知道何时起何时休

我深陷今生的苦难
坚信来日方长

人间四月

花朵还在盛放
青草已将种子掩埋

天堂之门刚刚敲开
人间就准备忙碌祭拜

苦痛还未消散
哀思就随着菜花涌来

可以将一些永别视为按时复苏
百花初潮就是涅槃的起始

当天才和大师钟情迷幻的三月
请珍惜春天之漫山遍野

怀念与远行如此迫近
我只能匆促写下四月的谜面

不用翻动那些沉睡已久的镜像
春天来了,大地——解答

风光还是最初的好

走了很长一段路
前面还是纵横交叉的标牌
房屋高低各有苦恼
天空的表情仍反复无常
白云暗笑地面的拘谨
江湖滚滚,哭泣显得多么矫情

觉得风光还是最初的好
停下来,就待在原处
回首一段短暂的个人史
那些经历的美、风花和伤疤
是否找到了一块风水宝地
存放野牡丹上的云烟

数学问题

1

我是小数点后面的数字
前面最多有五个号码
打头的表明我生在中国
另外四个是永远长不大的孩子
这一生总在谋求进位
可惜小数点总是排在前面
这种位次使所有努力常被忽略

2

我喜欢以分数来识别缘分
熟识的人越来越多
而亲人逐年减少
以 13 亿人为基数
分母只增不减
分数由此变得无限小
我在意的分子终究会减至一
得到的答案却接近零

3

别人做乘法风生水起
我总是一乘一
我热爱着加法
烦恼也成倍增长
减法是光阴的打手
焦虑无还手之力
除法丢失了一片又一片阵地
我的战场已不到三分之一

4

一加一是陪伴
一减一是伤害
一乘一是徒劳
一除一是挣扎

5

中国有13亿张面孔
我认识的约有2000个
包括从未见过的名人
一面之交的人
以及失联的年少伙伴
我的通讯录现有873个名字

有一半在远方
关注我的不超过 400 人
常联系的最多 100 个
经常见面的不足 50 名
好友不到 20 位
能串门的就是几家至亲
最牵挂的还是老人和子女
朝夕相处的只有她
我不知道自己死后
有多少熟人会来送行
有几人念叨我
有几人会掉下眼泪

深　埋

一个午后的阳光使你诞生
当初是爱你的，也爱整个世界
从何时开始扯掉这根纽带
就从何时开始告别轻狂

有一种相遇是偶然交集的反向
你是仓促之后的唯一获取
也是扎根这片土地的必须
我的远方所以到此为止

钟爱的、疏远的、理想的都是伤口
它与你无关，如同不可逃避的某个地理位置
你要长久地仰望天空，月亮总会升起来
每个深夜都在静候你的呼吸
回音终究被夜晚深埋

你不必内疚起飞前的荒芜
泪水不代表悔过，是纵马驰骋的一次擦洗
当万物经历了埋葬
才学会生长

何所予,何所安

除了自己,我没有恨过别人
我爱过的比敬过的多
就像摄入的酒总是少于粮食
得到少于给予,晴朗少于雨天
母奶早已被我挥霍一空
精血在体内日复一日病变
这远远不够我丰腴,甚至挺立
他们把我拼装成丑陋的行者
却希望我滋润百年
我一直在寻找出身的基因
族谱里没有显赫的记载
我不知道自己为何与众不同
人间流行物以类聚
何所予,何所安

醒着过生日

当我醒着
他们已经沉睡
我是来不及端上的残羹
是角落里的鼓掌者
现在热爱左手与右手拥抱
枕着一份厚礼兴奋难眠

小草或深水里的鱼
永远不是人们谈论的中心
赶不上客轮,那江湖
就是滚滚而逝的水花
风景在岸边独好
就像今天我45岁生日
当深夜来临
静静地庆贺并思考自己
所悟也是一种祝福

明天谁会打开这份夹心蛋糕
我将身边之爱搂得更紧了

衰老之症

以前我一头乌发
现在头皮屑像雪花落满肩头
我经常动用双手将之驱赶
这双手沾满细菌
指甲壳里藏有少量污秽
它们是身体的一部分
为了共同的主人相互帮衬
掩护更多来历不明的暗伤
比如我的胸前总收容油渍
各种噪音飞进耳朵成为屎
睡涎一厢情愿地啜泣
我只有洗净全身才能安顿下来
妻子说，干干净净的人
众神才会亲切接见
最迫切的是见到睡神

复 调

都说在走重复的路
还是很小心地走

看到蜘蛛从窗台掉下来
蚂蚁在奔丧路上遭遇横祸
花草为悦人而盛衰
星辰永远只为天体出行

今天是明天的复调
抚一把新琴,还是旧曲经典
把复调一直弹唱下去
只有上帝知道各有各的不同

深夜穿过一条重复的路
我行走如马,她沉睡如佛

命运论

我改变不了什么

荒芜之地建起公园
一场雨落在寂寞时分
我的姓是祖先给的
我的籍贯永在祖国
我的辈分早已注定
我的排行由父母取舍
我真的改变不了什么

花儿开了又败
白天过了就是漆黑
天空永现深不可测的表情
江河湖海只有一个流向
错过了春花秋月,还有来年
人死了,就堆起坟墓

我改变不了什么
渐渐浑浊的血液,越来越安分的睡姿
一只爬虫的付出,身边的得过且过
它们轻易地改变了我

我想改掉晦气的个人信息
包括经常吵醒我的一串号码
似乎只有时光才能成全
似乎只有荷尔蒙
在天气、地理和手枪的合谋下
才会如我所愿

我改变不了什么
总被万物改变

妥 协

所有妥协都是源于对生活的热爱
不致命的,都可以探讨
万物荣枯各安天命,且叹且过

秋来了,落叶从此隐姓埋名
寒梅傲雪,许以一个完美的轮回
星星在天庭甘当太阳的背景
夜里拱月君临天下
靠风调雨顺延续清朗人间

荷莲不惧灼烤却枯坐于凉秋
菜花要等到清明一起撤离
一种集体的跪拜昭告百花争艳的开始
飞禽走兽各负使命又理屈词穷

所有妥协都为了安逸的明天
既听命于物质,也臣服于梦想
挣扎和顺从可以悄然和解
就像日常的爱恋、行走及你我言说

在一起

我把日子过成古民居
你只需修葺
而不要去改变
你可以改变陈设
但不要修改我的姓名

我把日子过成电脑
有苦恼就丢进垃圾箱
有事请 Q 我
嫌慢了就升级提速
不要总想换掉内存

我把日子过成葡萄
皮很薄
里面水分充足
你可以吞掉小小的核籽
它和肉汁一样甜蜜

我把日子过成棉被
冬天温暖，夏天护凉
当你疲倦时展开

它就是充满情欲的草原
舒坦而辽阔

渐行渐远的琴声

本来可以听到小桥流水潺潺
老人歇坐于井边
饮一瓢清凉,与过路者分享
那把冰冷的琴,不愿陪田野复生
喜欢常年风沙的月夜
与戈壁齐鸣
好像弹奏的一段哑音
让挣扎许以道别
那渐行渐远的琴声

7月5日记事

父亲从福利院打来电话
说母亲的低保可以按规定调整
我只能远望故乡叹息
微信里传出诗人殷龙龙病重的消息
我看到塑料管子将他捆绑
眼神空洞,美好的诗歌是那么无力
一个贫穷的孩子已经大四了
她的母亲特地为报社送来锦旗
爱心使回乡的路铺上了一层霞光
世界杯八强赛要休整两天
为了新房首付我还在酝酿不失尊严的乞讨
下一位朋友会不会也婉言谢绝
上午买来的鱼已气若游丝
很快就被肢解呈上餐桌
我巴望着俄罗斯球场的悬念
但愿拨散空气里的糟糕成分
让我有整个夜晚的欢欣

卷二

彼时的美

我等着人们归来
宣布我活着
　　　　　——《雕塑》

阴影之南

——太湖访友归来

那没有照见的
我们在角落里叹息

善男信女环朱红宫殿奔走
获得片刻的禅光
远处是浩渺,水波迷茫
照见我,是如此辽阔

我的兄弟在廊台上沉睡
整个夜晚抵抗浮华
画出几片闪烁的星星与之共枕
假想之敌环视,不与暗娼为伍
更喜欢隐匿在膜拜的人群中
炽烈回归。他太累了
送走前来投奔的光阴
一宿便可豁然开朗

那没有照见的
静卧于阴影之南
刻下神性而虚构的文字

可以醉，亦可以无言
不显于西风禅寺的爱晚亭
必显于长江之滨

下乡记

他们离开泥土很久了
马不停蹄赶去山庄
一定要去看看田间地头
有机蔬菜是否还是记忆里的样子
他们摸了摸黄瓜、西红柿
闻了闻洋葱、韭菜
扯了一株豌豆苗子
这些食物刚刚冒出泥土
就闻到了嘴上的气息
这群执意亲近泥土的客人
决定晚上吃掉它们

古竹的梦

一个少年成名的文人
戴一顶蓝帽子
穿梭在民工和灰尘之间
在山峰与丛林之间
要打通名人故居之间的最后一公里
修条致富路
他想赚些银两
拜访阔别已久的恩师
带上一卷厚积薄发的书稿
一往情深地重现江湖
他还相约在江滩与老友们重聚
遥想当年意气风发
痛诉不堪往事
这次要在吉庆街包场
擦鞋的、卖唱的、乞讨的
都将成为他失散多年的臣子

余笑忠的哭

没有任何征兆
突然下雨了
这种时候是少见的
一般在黄昏与凌晨之间
几个好友欢酌
久别重逢或一路珍重
他的悲泣很低很低
听得见酒水滑落的声响
不想惊动正在行走的人
还有沉睡者

我猜想是酒流过他的心脏
烫了他,然后通禀他
此刻有故人来访
唯一能给予的水就流了下来
这种突兀捕获着短暂和脆弱
天地沉默,月亮也闭眼
一起为流星送行

不需要任何预兆
就下雨了

这种时候是少见的
我只见过一次
当别人谈起余笑忠的醉态
我知道他想起了宇龙及有关的事物
春秋如故，酒还是那么香醇
悲从中来的日子越来越稀少
哽咽就是敲门，通信，打电话问安
这是他更珍视的另一种声音
在人间余欢，在天堂久仰
原谅他不能开怀拥抱
歇一歇，很快就醒了

婚姻登记处

她幸福地跑到窗口
办了一张信用卡
喜糖分享给众人
信用留给他

一个下雨天
她默默地走到这里
为身后的两个孩子
办了一张赎身证

这个阳光充足的夏天
她再次来到窗口
办了一张储蓄卡
没有喜糖
只有两张旧照片拼凑而成的生活

这是我三十年间三次见到她
悲喜交加的日子终于快退休了
我收下她所有的坎坷
送给她祝福

雕　塑

他们把我立起来
一个仪式宣告英雄诞生
我傻傻地蹲在广场一角
一直微笑着
凝视前方

经过的人从不多看我一眼
我知道他们忙于奔向远方
我在原地守着
用于怀念大多寂寂无名的战友
证明生逢其时

鸟屎拉在我身上
脸庞因风雨更加黑亮
我等着人们归来
宣布我活着

隔　壁

隔壁是一对年轻夫妻
日子过得悄无声息
有一天我听到女人的哭号
然后夺门而出
孩子是无辜的
物什也是无辜的
星星比邻而居相互照亮
我很想敲开最近的这扇门
抚慰孤独而暴戾的气息
我们只拥有一个月亮
明天还会有太阳升起

这对夫妻来自乡下
与我同在一个屋檐下
住进高楼以为离天庭近了
其实更远了
邻居咫尺却形同陌路
不如乡邻鸡犬相闻
我相信她早已开始后悔

致生长的植物

当你见到我
我已是墙壁上的藤蔓
在杂草丛生的间隙里自由伸展
我掩盖肮脏,也掩盖肥沃
曾经是泥土寄望的好苗子
现在匍匐横行,枝丫交错
你看不到暗藏的果实
只看到卑微的倔强

当你见到我
我刚从淤泥里爬出
不是人们觊觎已久的莲实
而是一枝容留泪水的荷叶
我会生长成藕
在更深处等待重见天日
也会衰败成残荷
祭献曾经火热的人间

当你见到我
我已淹没于竹林
是归隐率直的那一种

纤细在不停摇晃
骨节似可直达天堂

这些生长的植物顺天知命
是一个季节的标签
不是温室里的花
不是四季常见的瓜果
你可以改变取舍
但不能改造它的属性
当你见到它，心疼它
它就会长成你喜欢的样子

下雨是有含义的
——致赴黔的海兄

泪是不轻易流的
所有液体并不会白白流淌
比如哗啦啦的雨
这预示着重要事件的发生
有幸福也有悲伤
有告别也有开始
风雷一般会提前暗示
背景和经过均不可避免
可以调整的只是手中的琴弦

我观察天空好多年了
这个秘密总有兑现之日
故事充满了后悔
也令人着迷
今天突然下起了大雨
狂风送别一位远走他乡的友人
我没有去送他
这天的滂沱是一种折磨

恭 候

这一生我恭候过很多人
陪他们衣冠楚楚
陪他们前呼后拥
陪他们随时暴殄天物
陪他们笑，陪他们旁若无人
陪他们俯视，陪他们指鹿为马
陪他们病入膏肓
还陪他们死亡

我是垃圾桶上盛开的假花
是缓缓拉上的窗帘，难以复原的桌布
是记下所有不快乐的日记本
恭候一张纸，摆上台签
理想与他们并肩而立
都死了，我还苟且地活着

这一次，终于可以裸身
擦去灰尘，漂白，洗手
告别那些胜负分明的游戏
恭候自己的晚餐

大　师

我见过的大师都像山
身如平原，内部是海
我想起父亲饮酒的陶然
辛劳全在杯中
看孩子们无知而充满希望地奔跑
我拉着他们合影留念
成为一条深受季节影响的小河
或者可有可无的小草
只是为了告诉后人
我从哪里来
又将到哪里去

死于意外

——写给因一位孩子出车祸而自杀的母亲

当号哭偿还不了一次意外
我只有到天堂来照顾你
孩子,你应该没有走远
我选择从楼顶跳下
那节死亡列车让我首次飞翔
有一种没有遮挡的速度
夜空广袤,而周围嘈杂
正是你刚刚入睡的时刻
我没有携带零食随我坠落
像树叶一样飘
那么轻,那么从容

孩子,我应该可以追上你
回家的路很长
这次,我会牵着你的小手
平静地穿过那个狭窄的马路
不会再有拥挤,不会再有车轮
不会再有责怪,不会再有挣扎
我痛苦,因为你诞生
我解脱,因为你死亡

十 年

一年里最冷的一天
雪,据说明天落下
我们聚在一起
以酒相迎

想起十年前的这一天
雪飘在嘴上
青春喷射而出
热气融化为身边的江湖

今天,我们怯弱地举起酒杯
寒风吹走了所有低语
回家才吐出这些年的坎坷
像生活垃圾,在下水道冲掉

路 过

我经过一个集镇的小石桥
她梳着羊角小辫,似刚冒出的月牙
等不及星星升起来
她就飘到了音乐缭绕的天边

我还经过一个临湖的小巷
遇见老家常年歉收的花皮梨子
她倚窗问雨,梨园是否浅尝辄止
灯火若隐若现,雨就是停不下来

现在我每天走向乾塔路
路上有巷子也有小桥
湖水环城缓缓流淌
汇入长江也流向沟渠
月亮寂寞了,星星就会依偎

我决定好好停下来
从前难舍一次次仓促的挥手
光阴已经大步流星,一回首就错愕丛生
这一生就是不断离别的路过
多么像今夜的星空

暗伤复发

昨晚我梦见了一个名字
只是一个名字而已
就像流星,没有情境和细节
就落入了我熟睡的空白处
留下一抹镜像犹如隔世重洋
我能感知到她的气息
面容柔软而多愁善感
似乎是拥抱,又似乎在告别
远远地叫唤着我的名字
但我没有醒来
隐隐地,我感到从前的暗伤
有几秒处于颤栗之中

族　谱

1

过年翻起厚厚的族谱
先祖们只剩下名字
空余身后的繁衍
大多数事迹不详
甚至死去的那一天

值得研究的是那些超过百字的记载
曾是族众景仰的房首
如今，血缘于我还剩几分之一
轻身掠过残枝横陈的河塘
老者将逝，少儿外出
有多少文字需要沉下打捞

2

堆在书桌的最里层
很厚，积满灰尘
今天阳光很好
我小心挪动它

翻开，记下很久远的
一些名讳
再晚就来不及了
他们一直躺在传说中
感觉不到脸的敬畏
后世也不清楚来由
如同肉体没有血液
再美丽也进入不了泥土
天堂似乎很拥挤
该有一丝光亮
让他们安于睡眠
我拍打着灰尘
飞到最近的一棵树上
与大地有力地握在一起

彼时的美

怀念从前。不珍惜
万人争睹的隔空芳华
梧桐道上的樱花如蒿草
等着远方来信,充饥
比美景更能让我遐想
在早已不存的草屋
翻阅众多少年,暗许来日
那艘帆船还停在宁静的河边
写一首诗在背面,命运
像一团火焰,烧毁门第渊源
多么想被另一个人终生记起
这藏在心灵深处的嫩芽
无论长势如何隐晦,都是失败
告诫我,万物存在即飘浮
彼时的美在此时此刻
要么是幻影,要么是罪过
宽言细语且过一宿又一宿

三月读张枣

1

一匹枣红马
纵情飞奔
白云一般轻灵
众多高贵的鸟
追随，恭候召唤
从不问前路
留下一张字条
问起来者，何人
可以读懂
衣袂翩翩的书生
灯——一直开着
彼时雪花纷飞，镜中
梅花再也不敢后悔
书香氤氲千年，已无
马蹄归期

2

他留下谶语让我想念

纵情青梅，以及沉寂的星空
没有比笑容更好的宽慰了
没有什么比闪电更易击中行人

他总是讪笑，沉思，喜欢骑马
胜过飞翔。哪一片土地如故园？
春天未临就想到了落叶
眼中全是青黄不接的果实

他走的那天是另一半的节日
裙裾缤纷，男儿羞赧
如同归去绝艳
众女为他起舞，并陪他降生

地图上的友谊

在地图上
我们只有一拇指的距离
每天奔波超过万步
却难以重逢
多么希望开启位置共享
无限接近一个圆点
随时能与之重合

戊戌年仲春拜访恩师

您教我的东西
我大部分没有消化
请原谅我愚钝
此后有更实用的课程
您叮嘱过的谦恭
让目的地越来越像梦想

听说您还记得我
我决定仲春来拜访您
有一笔债欠太久了
这次与殷殷的期望一起还给您
留下这副伤痕累累的皮囊
用来话别和感恩

窗
——致朱翊

有一扇窗是你给我的
掌纹如夜虫翕动
我收下时代必配的镜片
得以觑见黎明的反光
可惜你呆坐一会就走了
九月的星空灿若梨花
我随时可以推开更多的窗
所见之物比从前庞杂
赶集的人浩浩荡荡
窗前只剩下一枝夜樱
一个热恋中的语言祭师
在徘徊,自言自语

有朋自远方来

在县城一个角落
我发给你地址
你的马迷失在巷间
我的右手在路边挥舞
目送灰尘擦身而过

你一定想到了从前
风声像摇滚
落叶散发奢靡的香味
黑夜也能抓紧对方的影子

在这里,我住太久了
院子里不时传来哀乐
这次我要告诉你一些好消息
现在是人间四月
明天可能有雨
你走的那天将多云转晴

在海子故居

人们看到雾一般的原野
麦地用于生产粮食
他写下马在戈壁

河塘寂寞，村庄低矮
远方的大地有野花和琴声
他想象大海春暖花开

人们看到宫殿处于阴影之南
以为是景观及贫寒之殇
这从死亡开始的误解
仍在驳杂地呈现

当汹涌的车马逶迤而过
不可回避他是物质的短暂情人
不能明示农耕为何钟情大海
他仍在此地悲伤

赴太湖访友遇雨

雨终于来了
似乎说明相遇是一场滋润
寂寞陪着的瓜果
从大冶、蕲春、浠水蔓延而来
伸出各自粗粝的手掌
拥抱,相约赶往太湖
与长江同袍,初夏突降的雨
将来路融合
这注定是一次光荣的冒险
在角落里待久了
惯见瓜熟蒂落及星月忧伤
出门遇雨,停在桥头
江湖相逢该有怎样的沸点

关于不吃早餐的争论

不吃早餐会有损健康
她说这个坏习惯要改
我说,我的早餐在中午
体内已经适应了这种节奏

不吃早餐就不会长寿
她表示了担心
我说,寿命不是生物考量的指标
花香与花期长短无关

不吃早餐肯定是不好的
她有些急了
我说,就当我是一只老鼠吧
早晨觅食会有性命之忧
不像你属马的

我群居着,还是感到孤单

我有很多群
一个群静静等红包
一个群得意晒美食
一个群总是"三缺一"
一个群插科打诨聊往事
一个群发牢骚
一个群不时飘过广告
一个群相互吹捧
一个群不分昼夜朗读
一个群总是发号施令
还有一个群像闹钟
被我删掉了

我群居着
周围全是人
还是感到孤单
我不停点赞和鼓掌
只关心自己
不再关心身外之物

每天都在告别

每天都是最后一天
已记不起最后一次见面在哪里
幽深的过道通向食堂
远臣等候召见
满眼全是流水线上的螺钉
一张纸再次送走别人
总是少不了鲜花或掌声
这终生难忘的场景
每天都似告别

每天都在告别
每天都由白昼和黑夜任性玩弄
每天都坐穿空洞了无睡意
每天都有唏嘘、疼痛以及悲伤

一只鸟扑闪闪地飞来
如刚刚相识又逝去的脸
掠过江湖,穿过荒漠林川
惊鸿是最后一天
蛰伏也是最后一天

每个人都有一杯泪水

每个人面前都有一杯泪水
有的人当酒喝
有的人当水饮
就是没有人能泼掉

它握在手里,流入心中
一滴一滴,像雨点
冲刷污垢和病毒
把它当止痛药
在人前痛饮
在肺腑处稀释
夜里呕吐
就是难以康复

总有一杯泪水摆在你面前
你干掉的是酒精
不是空气

鱼　族

这是一条洪湖常见的鱼
从来都是赤身裸体
穿上水,也一览无余
它有与生俱来的美丽之翅
用以自由地游动
而不是抵抗或圆滑

人们把它运到城市里
少得可怜的水让它苟活
恭候麻木不仁的刀俎
等着坚壁清野的高楼悬挂
它每天要穿过行刑的菜市场
在剖腹或腰斩之前
发现从故乡涌来的同类
一样地丰满,一样没有眼泪

可以想象它离开水的焦虑
不需要挣扎就进入了另一层肮脏的肉体
同样是肉体,幸存者隐居空中
无比怀念洪湖多灾而宽阔的水域
水草之间千丝万缕

它与泥藕为友,与荷莲为朋
一身清香而尊为名门望族

致死者

我开始频繁地接触死亡
就像酒杯落地发出冒失的声响
那么接近于琴绝,翻印已来不及
种种昏迷留下的片段
一秒钟也可以留有遗言
但来不及取舍或说不出
那些只有他知道的密码永远成谜
与他有关的物件还在原地
顿时失去活着的意义

回家了,就不惊动他
热闹送别不如黯然缅怀
这张页码表示他生动来过
另一片天空许以他更急迫的担当
尘世有念想,一定会回来
让一切原封不动吧
我们活着
就是索引和故土
便于他找到回家的路

苏州路上的脸

苏州路聚集了大部分熟人
我越来越看不清他们的模样
每次赶去开会,我习惯低着头
又低着头返回
有人死了,有人离开了
我才会"啊"一声
想起多年以后
在这里陪他们一起终老
点头而过,低头而别
就感觉了无生趣

找一个人对饮

找一个人对饮
还不如约起孤独的酒瓶
当它腹中空空
我已饱含深情
它要给予的,就是我需要的
我倾诉时,它在静静地听

找一个人对饮
还不如打开诚实的酒瓶
它的气与空气合二为一
不会泄露刚刚互换的秘密
它的泪水亲吻我功能不全的嘴
我醒来,不用回忆就会康复

找一个人对饮
还不如痴望透明的酒瓶
透过它
我发现自己越来越扭曲的脸
身体总是失去重心
终会测出其本来的重量

找一个人对饮
还不如珍惜脆弱的酒瓶
所有心事浓缩为清白玉柱
我不会让它倒下,更不能破碎
这张脸已经沟壑纵横
它让我面目可辨

找一个人对饮
还不如拿起身边的酒瓶
天色再晚,也会静静地听
倾其所有浇灌一切空虚的命运

远比近好

与残荷靠近,你仍然是清流
与水靠近,你是岸边
与岸边靠近,你是作为背景的松林
与松林靠近,是坟茔

远比近好。
平原里可以望见海洋
密林中有骆驼向往的戈壁
白云之上欲泪还笑
不因风吹失去你原来的样子
远真的比近好
例如荷花、梦和爱情
还有厌倦了清冷的银月

卷三

夜　樱

在地上,我爱着很多人
在地下,只有你还爱着我
　　　　　　——《方位论》

夜　樱

白天，万人艳羡我的胴体
夜里流连的书生
满眼垂怜，我的灵魂才会发光
赠予最沉静的芳华
你不会忘记我彼时的耳语
风雨来了，嫣然归去
春天还有百花共舞
我将花瓣留下
等待与浮华道别

不只是多出一个诗人
——与曹忠胜兄和诗

多出一个诗人
便多出一种生存形态
多出一点夜深了还闪烁的光明
多出乐此不疲的自言自语
多出身处角落仍固执张望的远方
多出白天的梦乡及余生的冥想
多出永远传颂的爱
多出一份使用稻粱的说明书
多出一例人间难解的病理
……

我要做的只是踽踽而行
看浪花拍击长江之滨
头顶总有星星为我
忠实地记下我生即我命

水果的命运

被吞噬或腐烂
是水果从枝头分离后的事情

我知道最终的结局
但我那时已看不到了

一直在浪费年华
一直在疼痛,就像下体
我不好意思告诉别人
装模作样而无能为力

它隐秘地存在着,刻着尊严
忍以微笑,时常感到孤单
当灵魂遇见疯子
水果任由人们挑选
我会偶尔颤栗

回　家

我想了很多条出路
就是没想到自己向自己开枪
一颗子弹贯穿坚硬的咽喉
消灭了最后的痛苦
感谢这双长期为他人鼓掌的手
昨天还为爱情献上鲜花
现在突然折回
终于肯为灵魂效劳
抄了一条离家最近的路

穿过夜晚的盲者

在我看来,夜晚不是我的归宿

如同大地,每天都在发生第一次
人们患上生理性疾病,安静
就是我所能听见的喧哗

被想象,被隐藏,被破坏,在夜里一览无余
想念天然而成的种子和流水
我不知道它们的起源以及如何异化
所谓的无缝对接只是一种填充
或者相互取悦的覆盖
而不是美好,不是相濡以沫

此刻我穿过小区的黎明
一滴露水已使你成为湖泊
我看到高楼裸身,有几种生活就有几种姿态
就像白天我所遇见的衣冠楚楚的人群
他们盼望着夜晚,打磨着明天的措辞
乐此不疲地制造
手枪走火或哑火的故事

而我穿行,以很多意象串起足够温饱的夜宵
雨水显得徒劳,如此可以想象
夜晚和白天一样
所有字里行间的热爱
藏在烟火不生的屋子里,飘荡在街道
它们,不会成为凶器
也远不是盲者的归宿

我的文学史

40 岁之后
我开始读自己的文学史
过去是酒瓶,现在是水

我将它们串起来
沟渠港汊也是一幅画
在一个名叫戴家场的小镇里
从未想过要与世界对话
只希望影子跟着我长一点
在土地里能准确找到自己的位置
照顾好离我最近的人
回答着父母关于落日的去向
我不再惊慌江湖里的一长串名字
我的文学史就是沟渠港汊
太阳与月亮更替,繁星从不缺席
不是可有可无的一个页码
只需静静流淌
就不可或缺

我与物质的区别

大部分时间
我与物质没有区别
被冷落,挤压和丢弃
保持一贯的沉默
也会被拥有
如避雨的羽毛
当你需要
可以轻易带走我
但带不走灵魂

我将所见所思记录下来
表明自己来过人间
后面的事
我就不知道了
很多人会替我了结
我的名字刻在一块石头上
骨头和产地一样不朽
当然,这是最理想的

变　化

不再热衷于簇拥
也不再咆哮
不再顾影自怜
不再扶着市委大院行走
而是往返于一个据点
抱着知冷知热
争分夺秒
过好不声不响的剩余

石 头

这是一块丑陋的石头
不知从哪座名山上滚下来
它应该有翅膀
应该有锋利的棱角
慢慢地,它变得好看了
衣服一件一件地剥落
露出不谙世事的白
以前还计较方与圆
现在连沉默也不允许了
被踢来踢去
成为可有可无的石子

神已安排好了人间

已经不需要再证明什么了
再美的花也要凋谢
蚂蚁前仆后继地渺小而勤劳
再胖的蚊子也忘不了叮咬
白云依旧毫无立场地游荡
蟋蟀没了,蟑螂还在
我从东风路走到乾塔路
敢问路龄几许
柳树露出皱纹,河湖濒临枯竭
星星没了,灯光还在

已经不需要再证明什么了
除了信用卡的偿还能力
以及这些文字的重量

下半辈子

夜晚一直在下雨
男欢女爱已经接近尾声
我记得半梦半醒时许下的诺言
把君子兰接进屋里
将一天的生活垃圾处理掉
逐一落实饭桌上的留言
并画上记号归档

整个上午收翅而眠
我相信玻璃记下了这种虚空
掌声总是稀稀落落
从下午开始,我走进人群
一次手术当然是不够的
把病痛交给沉睡
把向往还给黎明和黄昏
痂会自然剥落
七月不可能全部是雨水
雨水不可能全是妥协

不再艳羡别人竞逐山峰之巅
草原上纵马绝尘

把所经之处看作粮仓
每一株稻穗像功名一样光荣
鱼儿游在眸子里
月儿就是飞去飞来的燕雀
忙闲有序,影子也来饮茶
康复的田野就是天堂
一无所有却五谷丰登

游　记

我走过戈壁、丛林、大海
最后归入平原

我必须经历所有遥远
在它们体内完成蝴蝶式的爱恋
然后如叶子落在大地上
随风声遁去
将隐痛和欢乐留下来
一路诱惑人间

我喜欢一览无余的村舍
积攒一生的财产必将成为雪花
烈士在这里家喻户晓
我已经很满足了
可以取舍人和事
行走进退自如
门前沟渠若隐若现
渺小，清静
饱满如谷粒

对不起

1

朋友们在谈股票
谈别人的女人
谈大地久旱
谈久旱过后的一场洪灾
对不起,这些我都不关心
我关心学校的伙食
那枚戒指是否还在柜台里
我写了那么多行诗
不知道喝醉的橡皮
会擦掉哪一行

2

如果你不提前预约
你一定见不到我
对不起,我真的没有时间
我的时间放在抽屉里
一点一点呈倒计时
钥匙不在我身边

我希望剩余的留给亲人
慢慢花

3

我无法解释失败
我回答不了暴雨因何降临
我忍受不了整整一个下午全是聆听
我不习惯言之无物
我厌恶多谋不决
对不起,这事别通知我
有很多苦恼需要我立即决断
爱、病痛和归宿

重要的事

今天阴雨,星期天
我知道很多人早已挤进麻将馆
雨点落在不死不活的街面上
尘土为避免被打湿
习惯飘起来
提前一天钻进某个窗户
得以苟延残喘
我打开微信
很多人在追忆似水年华
很多人在分享稍纵即逝的美好
很多人在半遮半掩地谋生
我没有按下已经麻木的手指
而是挥舞着扫把
希望在天黑之前让灰尘安居
我觉得这是最重要的事
将休闲与劳动区分开来
更干净更纯粹

过日子

每首诗都是下一首诗的烈士
每种身份都是下一种身份的铺陈
每天都是下一天的过渡
每个人都是下一拨人的阶梯
我们使出浑身解数过上好日子
直到棺木空旷,泪水静止

火焰之死

从前我是火焰
水遇见我
会发生噼啪的声响
现在废弃成材
风来了,就含笑点头
对于黑夜,人们习惯了开与关
月亮被遗忘在半空中
在填满名人的宣传册里
我是无名的责任人

从前我是一团火焰
喜欢快意恩仇
与乱麻结为兄弟
要么余下灰烬
要么火光冲天

简 历

简历是自己写的
终究由历史删减

有些人的简历越写越长
记下的是坎坷，不是财富

有些人的简历很短
短得只留一个生动的名字

简历是自己写的
最好留些空白
它是出没江湖的身份证
死了，让别人来念长长的悼词

我拒绝,是为了被接纳

中年以后我学会了拒绝
就像荣华富贵拒绝我
那样不露声色,那样理直气壮

我似乎没有失去什么
四肢健全,日月照常尽职
却收回了灵魂,整日与自然为伍
而此前,我总与谎言相拥而泣

我拒绝,是为了被接纳
鸟栖居更安全的枝头
蝴蝶产生甜蜜的化学反应
仅凭一个名字就能收到无数鲜花
那双能在夜里让我见到天明的臂膀
只安放健康和幸福

我终于被宇宙接纳
因为干净之身
它的重量与万物不同
会沉淀,也会歌唱

雪将身后掩埋

期待雪,将印迹抹平
白色的背后是虚幻的村庄
融化了,灭掉那盏灯
你的旧闻从欢快变成斑驳。

你的奔跑真的像雪花
从头开始,一步一个脚印
冬天猛烈地来临,春
倚门而望。

病菌从身体里渗出
是你痛后不惜的泪花
除了时光,前方还有什么果实
挂在图画里。

天气一天一天变暖
那个尽职的黄门侍郎
已将身后掩埋
飞鸟记不起掠过的平原
雪,落不到神龛上。

大　隐

每天经过一个丁字路口
有擦鞋的，乞讨的，贩卖的
过早的，上学的，上班的
公车私车摩托车自行车公交车
都在排队，等着生老病死
他要拨开众人步行半小时
经过一家医院几所学校无数个银行
才能见到大厦 10 楼窗台上的几朵小花
他爱着这些小花，每天按时浇水翻整
喜欢长时间地凝视
这些云层里手无寸铁的美丽
从来都是隔窗俯视地面的声色犬马
以及从纸上滚到桌上床上的矫情
他怕光，会伤害眼前纯洁的盛开
这时他会关上窗帘，想着云端上的事
过去的事，还有逆来顺受的故土
或者只身远足人迹罕至之处
读书，写诗，喝茶，睡觉
候三两好友从远方寻来
然后振翅而歌

这双手

这双手为他人而活
在人前鼓掌,在人后点赞

这双手为亲人而活
捉鱼,劈柴,牵牛,洗菜
这双手抚摸所有柔弱之物
抹眼泪,擦拭灰尘
总是为肮脏的纸张所伤
接纳与告别,是滚滚仪式的亲历者
还是感知冷暖的先驱
它听从心灵的指令,为意念画上句号
当系于一身的兄弟们成为摆设
这双手,还枯燥地活着
为褶皱纵横的皮囊谋生

这双手何时为自己而活?
为每一个部位洗涤
点燃一支香烟
端起酒杯与月光斟酌
心疼那些被外物役使的同类
进入梦乡还在挣扎

依然毫无倦意
直到紧握另一双温软的手

一个短于言辞的局中人

他张开嘴,就觉得寡味
不如鸟鸣、虫喁、猫咪、犬吠
不如秋风瑟瑟,不如树叶哗哗

他习惯了喏,不敢叫和哼
喜欢万物齐奏的声响
从中区别淡往与神交
对木讷者无语,对张扬者点头

语言寄存在别处
他只调得动最熟悉的键盘
尸身素裹但忠心耿耿
在局中,又在远方

说不出,就勤于行走
只有奔流应和他
影子替他指认
身边的七嘴八舌和三心二意

一个短于言辞的局中人

他张开嘴,就觉得寡味
不如鸟鸣、虫喁、猫咪、犬吠
不如秋风瑟瑟,不如树叶哗哗

他习惯了喏,不敢叫和哼
喜欢万物齐奏的声响
从中区别淡往与神交
对木讷者无语,对张扬者点头

语言寄存在别处
他只调得动最熟悉的键盘
尸身素裹但忠心耿耿
在局中,又在远方

说不出,就勤于行走
只有奔流应和他
影子替他指认
身边的七嘴八舌和三心二意

我拨开喧闹与天空耳语

朋友圈里热议一条生命的走失
很快,就被另一阵风吹散
大雪来临,遍地都是语焉不详的落叶
低下头颅的征订广告和没完没了的自语
山河多娇,江湖好客
不深不浅的掌声隔空传来
有呐喊的、潜伏的、卖艺的、抬轿的
巴掌大的地方就能呼啸天下

我要拨开喧闹寻个密室与天空耳语
听风,听雨,听尘埃掩埋荒芜的土地
还有百虫不甘冬眠的喘息之声
祝福那位走失的诗人不同于迷失的大多数
在天亮之前返回故里
和黑夜一样,宁愿沉默也不愿浪得虚名
天空没有回复,它只是假寐罢了

我只向微小的事物低头

江山仰止,河流咆哮
看不见的风云一骑绝尘
看得见的,伴以终生
我只向微小的事物低头
为了一张安居乐业的通行证
那些苦难权且当作花环
春秋就是不断倒置的沙漏
低下头,与飘落的雪为伍
听到爬虫与花草呼朋引伴
仍有一片江山比地更深
碾过千年枯荣
呼啸着金戈铁马
以长江为酒囊顺流而下
醉卧上海滩

我喜欢

喜欢火,岸边和刀刻一般的文字
喜欢独自跑向神秘的密林
喜欢蛙声一片的夜晚,铁轨穿过闹市
喜欢木楼建在河边,竹子向空气招手
喜欢在室内徘徊,远胜于出门亦步亦趋
喜欢蓝,空白及洗旧的悲伤
我看到的都不是我喜欢的
喜欢的已经丢失在路上
想象的比经历的美好
江南的雨水比白云多情

此　后

不想再多认识一人
不想听到私语、谩骂和议论纷纷
只想多认识一些汉字
弄懂身边的花鸟虫草
什么时候旺，什么时候衰

不想唇边再留有别人的口水
不想再向活人鞠躬
只想删掉与己无关的信息
增补此生有涯的只言片语
因何欢喜，因何悲戚

抽　烟

烟是天空的一部分
它使人浮想
出门，等风也等火
是父亲的短暂幸福
现在，一个抽烟的人
走在大街上
空间越来越小
不是被唾弃
就是被驱赶
这个日常的一部分
产生的焰火和灰烬
只能飘在田野上
诞生在火里
因为
天空开始习惯照镜子
喜欢蔚蓝看着它
等风来，等夜幕拉开

城里人

躲在远离故土的地方苟延残喘
就是为了返乡像个高人
乡邻知道我的出处,但不知道现在和将来
待我以敬,传我若神

我像天空一样神秘而遥不可及
我走进田野,风陪我长驱直入
不说话,不张扬,闭门候客

回到城里就自省,保持纯良的长进心
像导师一样工作,像妇孺一样生活
自鸣得意地转换着多个场景
直到泥沙俱下把我安葬

一面是传说,一面是笑柄
在地下也在纠缠
哪一个面孔才能摆上神龛

谷粒殷实于我,白云不敌我浮华

角　度

白天，与树平行
夜里，与大地平起平坐

生就一条垂直线
拖着家小不停画圆
寻一处僻静
将身子绷直了
与天空平行
泥土会抹平所有角度
包括已知的
和小心求证的

铜草花

有它盛开的地方就有矿藏
有矿的地方不一定面容紫红
它似小草,其实是花
没有衣裳和叶片,只有不言不语的嘴唇
当暗铜在地底下沉睡
它会指引人间大兴炉冶

有我的地方必有灯光
有光的地方不一定照着我
我是小草,也是花
没有华服和背景,只有掩于丛林的烛光
有人迷路了,我会给他烟火
外面流星大步,我在默默将青果擦红

方位论

在农村
我看到越来越寂寞的原野
它的底色是广袤的天空
在城市
我看见周围全是奔跑的面具
载着捉摸不定的灵魂

白天,我要努力穿过
一个又一个空洞的戈壁
夜里,我才能安心想一想
慈祥而湛蓝的海洋

住在京城的朋友说
满街的官都是吏
活在县城的百姓说
再小的吏也是官

我还发现情感也分地上地下
生与死只隔了一层布帘
在地上,我爱着很多人
在地下,只有你还爱着我

卷四

物　语

浮华源于另一个世界的衰败

多少事物的生死刻在日暮时分

      ——《十二月的村庄》

樱花颂

我庆幸出生在春天
在温情脉脉里盛开和衰败
人们惊讶那种孤独的白
为何只与日月争辉

慈祥的琉璃瓦懂得我的心事
生时灼灼,落幕寂然
当万物欣喜于突降的春雨
飘落的不知是花瓣还是眼泪
送行的夜宴充满着祝福
春天已开始,很快会结束

我庆幸出生在三月
骄傲这种最美好的短暂
如果枯木熬过寒冬
请候我来年含春归来

星　星

有多少酒馆暗如萤火
在红旗桥的铁轨边
再也听不到走调的歌声
它们均被旧式火车带走
多少时日静默如星月
一些飘忽的烟花
散落在草丛里
星星从不理睬我们

好东西都藏在泥土里

好东西都藏在泥土里
比如金属、种子、失血的骨头
一群群手无寸铁的生物
它们是人间的粮仓和前世
也是归宿

好东西都藏在泥土里
倦于言说善的一面
让垃圾不停止繁衍
直到累了歇息,成为化石
然后收归帐下
不留一丝哀愁在人间

江滩观月

月亮还是儿时看到的样子
而我已眼神昏花

我从乡村追到城市
月儿还是离我那么遥远

我从洪湖跑到长江边上
月亮似已泛黄

一花一草一木

一个夏天可以让我消失
春天再让我复生

在我离开的这段间隙
落叶随风飘扬
稀罕的火炉抵抗着寒冷
车轮总在追赶些什么
一双手永远乞讨着
有鸟在乌云来临之前逃匿
一花一草一木
存在就是一道风景
各自有各自的爱情

总在解答为何长久沉默
一枯一荣里有小悲喜
反复滑行于前世与来生
今生因名利而辗转
不如一花一草一木
见过所有但从不言说

听　雨

白天，我当了一天的听众
傍晚，愿听家人絮叨
人们终于疲惫
我还在书里找人对话
又听了一整夜的雨

核 桃

你知道它长的模样
就躺在通风的角落里
贵妃不喜,寡人不爱
它是现代版木乃伊
你需要耐心卸甲
蜷伏的肉体尚余羞涩
你可以放心冷落它
是你潦倒时最忠实的伙伴
破碎了
心还是完整的

像花儿一样点缀人间

我收下所有过往的谬赞
就是在放纵余生
人们期待我盛开
只有蝴蝶关心我凋零

我深知垂头就是死亡
雨是天空打赏的眼泪
风吹来,我摇晃
最美的时光都在点缀人间
虚荣使我长久

十支烟

班主任来电把我从梦中惊醒
我点燃了今天的第一支烟
微信里又有朋友永远离开了我们
我把第二支烟烧掉
第三支烟献给突然下起的小雨
这是对心绪骤变的一种回应
处理完公文抽一支烟是应该的
习惯看着卷纸在微火里慢慢燃烧
第五支烟敬给来访的亲朋好友
把地点想象成茶馆,烟火气浓起来
下午会议间隙,我溜出来偷吻了第六支烟
这是奖赏自己的好脾气
街上有落叶跟着我落魄地飘
在回家之前掐灭了第七支
限量香烟一定要奉陪到黑夜
一支用于反省,一支用于谋划
最后一支用来回味
这身不由己而繁忙的一天
我在严禁吸烟的大地留下多情的灰烬
是希望梦里呈现干净的肉身
这十支烟最后聚拢于香炉

完成早已约定的偿还仪式
它们在人间迎来送往
是积累,也是透支

贱骨头

父亲把不知好歹叫作贱骨头
我因此挨了无数责骂
骨头一点一点坚硬
现在却喜欢听到赞美
一听全身便松软自然

我陶醉于没有骨头的样子
明明能辨识花言巧语
真伪却照单全收
这种贱骨头是可耻的
无奈肉体已经疲惫
皮囊还苦撑着
这张道貌岸然的脸

棉 花

九月,江南白了
白色积攒越冬的棉被
它的再生是一种休眠
不像白云在宽阔间游弋
带来的是挥不去的苦恼

九月是万物解脱的季节
不羡慕别人金戈铁马
江南是丰裕的农庄
在这里生养同病相怜的子孙
也生养种子
从不后悔渺小如禾苗
它不缺少日月
四季轮回是最好的回报
总有人为它送行
在九月,谈起这短暂而无私的一生

出租屋的行李

很多人从这里走出
带走了所有个人物品
我的行李只是几件换洗的衣物
旧了,就会丢掉
包括陪我越冬的棉衣
它们带走我的气味
在某个回收站等待另一个主人
我经过很多个驿站
天空和四季与别人共享
没有一件是属于我的
只有长长的路会伴我终生

景德镇求知弄 10 号

一场洪灾
幸存下三条鱼儿
放养在天井里
二十多年了
还在缸里游

老宅子要拆了
主人也走了
它们还相濡以沫
我在鱼缸前照了张合影
记下这段故事
希望陪它们坐井观天

海市蜃楼是另一个世界

把美丽当作自然景观
把出现当作流星
把过往当作祥云
似乎有一只手在远方
掌控着开或关
这把钥匙是圣洁的
安排着万物的出场顺序
其中交织着建设中的喧哗
它偶尔呈现真相
人们以为是一种表象
另一个世界虚掩着
海市蜃楼里藏有人间秘密

栅　栏

我见过的栅栏自然亲切
果实与空气伸手可及
不像城市里用水泥做成的围墙
用面皮制作的盔甲
不是因为混乱才独善其身
而是出于歧视才势同水火
将慈悲与懦弱等同
这注定是一首失意的诗歌
写不尽渐趋衰败的自由

服装店

形形色色的人一字排开
富贵的、简约的、典雅的、奔放的
都在找合适的
有的希望耐久,有的喜欢新鲜
可以嫁给一丝不挂
最好遇上知音或伯乐
这种部分的幸运也许廉价
但不会囤积
沦为多余的人

写于霜降

催债的来了
还带来了法官
一张妥协之纸会生产更多的纸
贪婪对穷寇
一起接近万劫不复

这样的早晨,秋在撤退
锱铢必较席卷着落叶
霜就要降下来了

冬天来了

冬天来了,又有一些事物将被埋葬
不像垃圾和噪音随手丢在空气里
它们依顺序而列,由春而夏
秋风将情绪积攒,雪降时熄灭
这场盛大的仪式像寒冷般不可避免
最终成为挂在屋檐下的冰凌

冬天来了,果实必须颗粒归仓
徜徉在江汉平原的田野上
油菜花好像又开了
江河一片锦绣
我可以再次见到三月的樱花
易逝的,当作永恒来珍藏
当然忘不了碧荷,饱满而辽阔

冬天来了,万物记起回家的路
我要重温依水而生的俚语
说几件让父母欣慰的事
亲手种下又一个春天的荣华

羽　毛

用于飞翔的羽毛
现在用来掩体
长时间地疗伤,休眠
会错过美好的午后

冬天不适合它扑腾
寒风乍起,谁在乎一只鸟
的震惊。黄昏变得仓皇
有一种事物失去相互钳制
天鹅静处,引颈悲歌

百度有人试问
但得不到诚实的答案
羽毛就此脱落
一如猝不及防的皓首

一地玻璃

火车从我身上穿过
没有鲜血,只有碎末
这列火车载过很多人
也碾过许多生动的王国
我经常梦见那些呼啸的声响
现场一地玻璃
难以拼凑支离破碎的往事
夜晚有一丝反光
提醒路人注意危险
谁知道它曾是锋利的刀刃
直到火车把它抛弃
倦于周游世界

咏　雪

雪，一种辞旧迎新的象征
人们期盼雪
像祈祷一场持久战的凯旋
等污秽横流，落叶归于故里
它一般在夜里飘临
为掩埋肮脏而生，为澄明清朗而降
清晨，就能再现干净的起点

南方的雪要矜持些
将雪花当作春梦挥舞
一年清算一次
天气更温暖了，罕见
这种光芒与纯洁相映的白

在北方，它是大地的重建者
整个世界如空白的序幕
拉开，在冰上舞蹈
深呼吸的仪式里产生火焰
冷到极致就是祥瑞
覆盖所有腐化的、流逝的
成全死亡与再生

十二月的村庄

落日还悬在水塘边,月儿便浮现
开始探视沉睡已久的田野
我要穿过大片的荒芜
高粱形同枯槁,披麻戴孝
芦苇站在枯荷里固执地摇晃
一群来历不明的寒鸦飞起又落下
就是不愿停歇于路边

曾经一片沼泽建起寸土寸金的高楼
更多的候鸟喜欢舍近求远
半日之内,我步入灯火辉煌
浮华源于另一个世界的衰败
多少事物的生死刻在日暮时分

落日醉了,月亮走出家门
我要穿过荒芜才感到寂寥
想象即将到来的聚集
整齐而嘈杂,是乡村回忆的祭祀
也是各怀心事的招魂

冬 日

雪,将落未落
心事仍停留在秋里
不想看到街上的萧瑟
兀自关上门窗
躲进被窝做起温暖的梦
填补无所事事的次日
就像雪,将落未落
与春天一脉相承
蛰伏是一件美好的事
冒出一些毫无关联的梦想
无从知晓它们的来意
也记不起细节
但丰富了我的虚度

老家的狗

一年前
它来到我们中间
从弃儿变成了管家
经常钻进父亲的被窝同眠
证明病重的乡村尚存宁静

它好奇每一位路人
父亲责怪它不懂礼貌
威胁它,过年就下酒
它立刻安静下来
巴望着我这个温和的游子
当我走出村口
它还舔扯着我的裤腿
不停地汪汪
像是送别,又像是挽留
像是感激,又像是承诺

盼　雪

天气变冷了
寒风一直在刮
间或有小雨欢欣鼓舞
下雪应该不远了
人们盼望着
没有雪，就不是冬天
没有雪，就会有遗憾

盼雪，就是盼过年
盼雪，就是盼望一件新衣
见惯了黑白相间的世界
特别向往满眼的白
黑夜的天空也是明晃晃的样子
万物得以酝酿复苏
看着它慢慢融化
成为春的源头
温暖就近了

换眼镜

这是一扇窗口
离我的心灵最近
它使远方更加清晰
辨识身边之物与我一同衰老
唯有面对汉语,我要摘下它

它倦于夸张和虚假
我要不停地调试更高度的面具
磨损的镜片往往七零八落

这一次,我的想法仅停留了一晚
它就从手边滑落
破碎成难以拼凑的片段
我把它收殓起来
藏起又一段暗淡而分散的光阴

走出电影院

每次走出电影院
我会飞快地抹掉泪痕
在暗处,脆弱可以放肆
回到现实
还得让冷漠重新裹挟
装着一笑而过

台 历

撕掉一页
又一周消逝了
我焦虑越来越近的年关
心疼撕下的那些空白

天上人间

　　天空广阔,又似乎空无一物
　　地面葱茏,只为遮掩两层棺椁

　　抬头可见唯一的太阳、月亮
　　星星有很多种
　　飘浮各种各样的云
　　诞生雨和雪,偶尔唤醒闪电和惊雷
　　风不停地吹
　　我们拥有同样的天象
　　却各有各的命运

　　它们呈现人间的阴晴圆缺
　　只给予白昼和黑夜
　　如果区分深夜、黎明、正午和黄昏
　　眼睛会产生不一样的色彩

　　我们拥有同样的大地
　　却各有各的归宿
　　与江河湖海山川平原共处
　　沉浮于或远或近的江湖
　　与飞禽走兽为伍,与花草林木为邻

更多的时候自己与自己为敌
或坠入地狱，或升上天堂
准备了各种各样的投名状或墓志铭
在尘烟中进进出出
血是红色的，肉变成泥土的颜色
骷髅丛里，辨不出仪表

红月亮

月亮偷偷谈了一场恋爱
不小心泄密于黄昏
曾经撮合了无数美好的爱情
今夜,她不想独守寒宫
眼里饱含蓝色的火焰
露出白里透红的脸
乐于与人间分享
她迷人而短暂的娇羞

一节车厢

这身铁皮原本可以嵌入大脑
一不小心成为某节车厢
无论它怎么奔跑
是空乘还是满载
火车头总是最先抵达终点
车厢仅能听到掌声的余波
然后被闲置或踩踏
闻声而动,听令而息

乡下的年景

耕牛不见了
平原呈现自生自灭的褐色
无数车辆在乡间穿行
骄傲的马匹迎来又送走
一批批憔悴的商贩

夜里,月光还在
照着明亮而紧闭的楼舍
蚊声和蛙鸣突然哑语
清晨的鸟变得贪睡
不想叫醒昙花一现的春天

小狗过年

一下子涌现那么多的面孔
各种气味令它焦躁
人们堆着笑脸握手寒暄
刺耳的叫喊显然是不适宜的
也许，只有它在区分
这种礼尚往来的欢迎或拒绝

很快，屋子里的人都要走了
年迈的主人将搬至福利院
更多的人如约奔向远方
它不会撒娇，也没有哭闹
扯着熟悉的裤角默默追出很远

狗年的祝福还意犹未尽
人间就面临仓促的聚散
甚至来不及安顿
一个吉祥物的晚餐

城市与农村

城市比农村长得高一点
城市总是俯视
农村却很少低头

城市打扮得时髦些
总是引诱农村
农村唯有洁身自好

城市的宅院很大很大
车比人多,白云从不长留
农村的天地同样广阔
鸟比人多,蓝天看着心疼

城市嫌院子太吵了
平日里总喜欢往农村跑
农村嫌家里太穷了
挤铁皮也要去投奔城市

到了节日,特别是过年
两人互换角色
农村成为狂欢的天堂

城市突然感到非常寂寞

城市忙得很累很累
开始向往宁静而清贫的农村
农村追得很苦很苦
特别怀念单纯而有梦的童年

城市需要空间
农村需要输血
他们终会殊途同归
高大体面的，在前厅迎客
自然清秀的，导游后花园
农村看到城市很温暖
城市看到农村很亲切

火车上

一条白色的光标

里面挤满了头像

朝一个方向跑

肩并肩却互不搭话

中途有人退出

就像吹落一张废纸

中途有人加入

就像飘进一粒尘埃

有人说它是沉睡的列车

也有人说它是宽敞的地府

因为都会抵达

画出各种不同的图形

倏而就不见了

白色床单

我不明白旅店为何都是白床单白被子
所以每次住店总涌起不祥之感
似乎漂泊在外只配拥有素白
又似乎,这样的安息才干净

我不喜欢四处奔走客居
害怕那层白布随时把我裹走
不像家里,会铺上温暖多样的颜色
整夜的黑让我安心素描

车过马王堆汉墓

我经过马王堆汉墓的时候
听说李敖死了
留下未及整理的文稿84卷
以及汹涌在微信里的毁誉

那天阴雨连连
博物馆外排起了长长的伞队
一个名叫利苍的无名汉吏
极尽奢华葬下溺爱的夫人
一不小心留下了不朽的文明史诗
这具千年女尸随他一起
被后人长久地赞叹

我不明白为何突然想起李敖和利苍
当车水马龙淌过这座古墓
生生死死惊悚于一页历史
纷纷扬扬的雨没有丝毫停止的意思

卷五

风吹过来

晚宴，主人会献上一只乳鸽
我艳羡它年轻，永难见到它的老年
————《茵特拉根广场的鸽子》

叙利亚

当我在广场多情地散步
周边其实危机四伏

我的错误在于
一块坚硬的面包夹在饿狼之间

我的不幸在于
瘦弱的身躯驮不起世俗的欲望

我见过母亲受难的颤栗
没想到一场战争会逼我重生

玻璃的一种

有一种玻璃
可以看透外面
别人看不见我
它隔着一些混成物质
对你而言是天空
我视为衣服
它当然是透明的
藏了很多秘密
你什么也看不到
这种不对称的寻找
不是我所需要的
它流行于人群中间
我只能想象所有发生
而不想互见沮丧的日常
低头，握手，含笑
外面是一览无余的沸腾
自己隔窗叹息
得过且过的流逝
也许，玻璃后面什么也没有

书论斤卖

路过一个流动书摊
摊主说论斤卖
我毫不犹豫买了两捆

已经腹中空空
不知读过的书值几斤
从前干净而敏锐的肉体
要多少银子才能赎回

一秒到底有多长

一秒到底有多长
等红灯消失时我才知道
喜欢过马路
爱上读秒时静静的心跳
万物平等地享有
于等待中呈现万种表情
一秒钟就完成了
呵,神奇的消逝和再生

一秒到底有多长
就是话音未落
就是一步行走
就是眨眼之间
就是积积攒攒而终究清零的一瞬

躲

我喜欢狭小
在一堆书后面
审视进进出出的人
周围都是暗影
而这里光明
最好能听到雨打窗格
顺手消灭灰尘
那些不易被察觉的真相
就像我的身体
已经没有秘密
这时我是一个狙击手
格局开阔
沉醉一种瞭望
不忍扣动扳机
当我坐久了
可以说走就走

红椅剧场的十字路口

红椅剧场散场了
"神的家里都是人"
身后,星光聚在一起密语
据说凌晨还有一场狂欢
我径直向东,尽头漆黑
西边是封闭的垃圾场
靠北行走,似乎没有拐弯
我们寻找着可以借宿的烟火
又折回来徘徊
四通八达的路延展着
我试过所有依稀光明的路径
几乎耽搁了半生光阴
黄沙子成为偶遇的引路人
只需最后一个单间
安放我们的疲倦
和仓皇的诗意

风吹过来

风吹过来
玻璃不起微澜
风吹过田野
稻穗低头,荷花摇曳
风吹在草原上
马鞭比风跑得更辽远
风吹过大海
皱纹催动着奔腾

风吹过来
野草微微颤动
绝不是风导致它卑微
如果雨落在它身上
它就是土地最亲的孩子
如果雨打在窗户上
只有年老的玻璃才有泪痕

心疼那被遮蔽的部分

心疼那被遮蔽的部分
在哪里被分割
也许是天空
也许是即将倾盆的雨
如暗处飘浮的萤火
面对喧闹不声张
风起亦不抵抗
兀自坐北望南
悄悄露脸又扭头而去
它组成星辰的一部分
与光芒互为因果
是植入体内的宝石
不追求拔地而起
只满足于镶嵌

我的前半生

本来我可以走在南京的某条路上
或者乘坐武汉江轮看江水舞蹈
最有可能的是海滩上让人踩着的一粒沙
可我在江边一座小城停了下来
看帆船在青山湖面搁浅
在一张透明的纸上
我标注所有破败的地名
一路悲悯一路青春
谭家桥的旧巷子、纺织二路的临街烧烤
终成气候的黄棉虾市
九曲桥上早已没有了歌声
时光固定的钟楼，锈迹斑斑的运煤铁轨
老虎头的足球场，上窑的杂货铺
一路所见一路所失
一门①是我郁郁寡欢的终点站
直到我辗转富河
将青龙山公园当作远方
每天夜里消失在乾塔路
我开始思考前因后果

---

① 一门：湖北黄石的一个地名。

特别牵挂进入天堂的天才和大师
凝视已经不多的时间

人到中年

都活着，其实是阴阳相隔
你见过我从前的样子
你见不到我谦卑
见不到我以什么面目
淹没于天堂

都在路上跑着
跑着跑着就散了
跑着跑着就失去初衷
终点并不都是鲜花
必有一次痛哭在等你

都喜欢散步
关心计量而不关心地点
你在阳光下画圈
我在月亮下穿透黑夜
你只是比我多走了几万步
年轻的永远是先烈
都长在土地上
美景属于路过者
不属于居民

你有海,我有江
你有湖泊,我有绿洲
你有草原,我有田野
你有沙漠,我有河塘
其实都是诗
其实都是远方

羞 愧

当别人称我为诗人
我感到羞愧
就像我酝酿第二个儿子
谈起羞于启齿的往事
天空全是鸟,地面都在爬行
我仍然没有写出可以传诵的句子
在劲酒家属区与乾塔路之间混淆日月
我不敢冒犯这里的每棵树,包括落叶
被春天收留又被秋天遗弃
似乎将在虚荣里终老
我欠下前世还要积攒来生
领着羞愧和顺从
小心地喂养
如我一样的乞食者

天堂偏左

沉睡如同暂时死亡
可以遇见似曾相识之物
青春、爱情、荒野和酒具
没有剿完的匪请我上山为王
这群没有被人间唤醒的人
早已改邪归正
他们指引我偏左的一条路
告诉我，马车里的靴子是充饥的美食
每一个女子都守身如玉
少年漂泊多年依然孝顺
他们在远处向我招手
说着我听不懂的良语
但始终没有发现眼泪

等到天亮了
我身边已空无一物
那朵刚买来的花
等着我浇灌才会活过来
在一条截然不同的道路上
很多人与我为敌
还是决定再醉倒一回
贪睡的光阴到明天再偿还

定　数

大多数飞禽走兽被圈养或射杀
马只在草原奔驰,骆驼永役于沙漠
鸟类躲闪,不再成群巡逻
蜻蜓和蝴蝶总是待字闺中

鱼儿在深水处不安地游荡
诸虫厌倦请安,牛羊猪狗缩于工厂里
鸡鸭改变了行走的姿势,终致五体分裂

众多的植物南橘北枳或昙花一现
荷濯于夏,梅傲于冬
相互欣赏又相互埋藏

我们在尘烟里按时起居,影子似已绝迹
每天都有啼哭降生
越来越频繁的哀乐响起
温和的、暴力的,都是一闪而过
就像换掉总以为饱满的电池
不传播危险,亦不影响失控的奔劳
所谓的温顺只是为了一块体面的墓茔
不挣扎,更不忍回望

我们把所有不幸归结于定数
不知道幸运在万物短暂的寂灭里
已积累得无比绵长

停不下来的蹉跎

已经开始,就再也停不下来
比如我饮茶,阳台上的小幸福
有阳光与我共享
祥云为我放哨
胜过风雨心甘情愿的奔波

我不会告诉你小烦忧
它是明窗净几上的灰尘
擦掉它是我此生最复杂的事业
除了纸,我希望有人作证
声援所有给予都是情理之中
软弱只是偶尔心动而已
而不是任我蹉跎

私人问题

冬天来到文明的小城
枯叶落地一秒就会被扫走
它们一定逃脱不了一烧了之的命运
和那些多余的物质一起
今天陪葬,明天就成为春天的泥

没有人关心这些私人问题
习惯了从天而降的果实
就不会追问来路及可有可无的余生
比如我,从不示弱于他人
他们描绘的天空是我厌倦的糖果
越来越失真,越来越寡味
还不如将敌人变为知己的血痂
时常因寒冬而疼痛
却得不到有力的答案

我的私人问题涉及时间和道路
没有人关心衰败之前的花样年华
冬天来了,我整理写下的诗句
开始憧憬有朝一日
能亲手将它们串成珠玉

出版一本解释自己的诗集
由此获得美誉或批评
而不是死后
让别人任意地删减
获得我难以预料的利益

没有人会关心这些私人问题
除非它也是，另一片被清扫的枯叶

他乡(组诗)

1. 入冬

在通向乡村的丁字路口
树木脱下腐朽的睡衣
老人和小孩焦虑地等待
前方有很多十字路口像思绪一样拥挤
此刻,再也没有鸟儿与我交谈
我知道已经临近节日
万物会回到它诞生之所
仪式有迹可循,而街面杂乱无章
这里的湖水不像洪湖长年情意绵绵
只有在暖阳时分
我才会在湖边停留许久

2. 路人

他们穿着华丽
每个人都与众不同
堆积在东岳路与乾塔路之间
成为一个渔民后代的阴影
这片纯净的天空因此绚丽多姿

虚华使我宁愿独处于夜晚的坦荡
但在拉叶堡，一个荒芜的他乡
诗人完成最壮烈的抒情
那是她的流放地，而不是故居
没有肉体的亡灵是一样的
比如茨维塔耶娃，所经之处都是灾难
那点点光亮或临睡前的琴音
已使所见之物不朽

3. 黄石

这原本是一个移民聚集地
现在成为很多人的家乡
我在这里居住了很久
夜里，我要赶往另一个乡村
人们总是问我家住哪里
我说，在下面
每一个地点只是人间的旅馆
异乡人，不同于举家迁居
而是顺势歇息，或沉沦
为残存的一点点留恋
哪里有人等我，哪里就是我的家园

4. 烧纸钱

在墨西哥瓜纳华托小镇

米格找回了家族遗照那片残缺的一角
人生最失败的就是被遗忘
"亲人们,请记住我"

我想起江汉平原的一些节日
父亲拉着我烧包袱,然后虔诚跪拜
这是我儿时最不情愿的事情
现在,我要在清明、中元和春节
为故去的亲人们烧更多更多的纸钱
祝他们富足平安
还要把他们的照片嵌在墓碑上
记得回家的路
和散居各地的后人们一起
过一个节日就增加一些文字

5. 父亲来电

三个月没给父亲打电话了
他不会玩微信
村里的信号也不稳定
有时间就陪母亲听收音机
我的得与失他无从知晓
昨天夜里,父亲打来电话
也没什么具体的事儿
听到我的声音就安心了
其实我早已想好

春节回家一次性汇报
将自己的诗歌朗读,录制
让他们静静地听
孩子们的酸甜苦辣
以及风里的牵挂

6. 洪湖

"我们只是偶然出生在同一个地方"
除了问候,还能说什么呢
熟识的事物一年一年消逝
便于隐藏的芦苇、宽敞的禾场和人欢鱼跃
布局还是老样子,记忆已失魂落魄
即将轮到我了,定下长相厮守的晚年
皈依或游离,月光守在青瓦上
只有蛙声让家乡似曾相识
那株众人争抢的桃树早已不存
也许,它是归宿的暗示

7. 村名

这里很多村子以人物命名
但他并不是名人
也许当初起于一次玩笑
或者,他是仇敌唯一可以找到的人
他的名字就是整个村庄

没有简历,没有照片
岁月刻下了最原始的人文
生前无意流芳百世
后来刻成地标
和村庄一起或暗或明

8. 回家

回家的日子近了
该打理的东西多了
天色越来越暗
车站里的路线越来越迷惘
东南西北更加拥挤
落叶只掉在地上
约好春天再见这张青春的脸
在你抬头的远方
天空呈现着它的美丽
漂泊,是各自安好的虚度
也是一种飞翔

9. 客居

在出走的地方
我从来没有看得这么高远
通往远方的路依稀曲折
其实远方就是近处

父亲从早市上采购归来
母亲忙着收拢过冬的温度
哥哥在屋后浇灌花草
我倾心善待遇见的所有亲人
在同一个方向相爱、相伤
如同我在大地上客居
对草木星辰微笑
必须完成承上启下的使命
但愿用倾听抚慰
哪怕片刻的完整

10. 一封家书

感恩父母
在痛苦和喜悦中使我降生
我得以尝遍喜怒哀乐
蹚过江河湖海
越过山川戈壁
与富贵者共拥日月星辰
与兄弟姐妹共享诸亲六眷

我没有怨恨，只有感恩
我得以见识了几个时代
亲人们安康，待我如宽厚的长者
见过的微笑比眼泪多
我知道了什么时候笑，什么时候哭

就在老家种下一棵梧桐
此后不再索取

在旅途

每天都在旅途
有时地面跑
有时空中飞
每天都有相聚
每天都在告别
见面不久就再见
直到再也不见
或者,再也见不到了
这种自以为充实的飞翔
多么羡慕脚下的叶子
永远不说再见
安静地活在人们的视线里
摇呀摇,飘啊飘

词　语

它们藏在案头的字典里
万物都可找到自己的名字
排成句子才宣告完整
是安分守己的楷模
也是事物鲜活的导师

此刻，我在冬日暖阳下写诗
完成独一无二的词语组合
虔诚而激动，让这些万岁老人
陪我，哪怕一段玻璃折射的光阴
一起生动或不朽

从来都是动词演绎
这个多愁善感的世界
当形容词多了起来
祝福就会涌向
又一个以名词为生的亡灵
虚词由此泛滥
徒添所有悲伤

忙

这一生，一直在忙
消耗着各安天命的长度
而温度取决于各取所需
是否有厚度，天知道

从前我被父母决定
不过是田野四季不断的繁衍
儿子就这样仓促诞生
我只能决定一些女人的命运

以什么样的文字填充履历
我选择写诗，活在漫天烟火里
与众不同却又难以启齿
但我看不到，诗留在历史中

这一生，都在忙
忙着牙牙学语，忙着生离死别
忙着光芒的散开和灰尘的聚拢
有无灵魂陪葬，是最牵挂的事

北京时间凌晨三点

睡不着,就凝望平静下来的窗外
江河湖海仍在奔腾
尘埃在看不见的角落举杯

再过几个小时
新闻就会播报世界发生了什么
一些未知的,将成为秘密
更多的事故永逝于尘埃

惯于夜行的人
发现天空也很迷惘
睁开眼就是繁华
我所度过的夜晚是别人的白天
睡不着,也睁不开双眼

倘　若

倘若安静，听到花朵初开的响声
青石板上洗出不慌不忙的日子
周围如此安全，你不会惊讶
窗外夜深了还洋溢着美好

倘若爱情是空气，随风而行
它的稀薄或冷暖由另一半调控
阴晴如此寻常，你不会暴怒
凌晨时分仍有不息的钟声

你吵醒了众人，提前画出满纸的黄昏
我没有经历过如此速败的道路
开始明白放任等于光华自流
没有及时告诉你，触礁之后如何平复

我想起越过铁轨时望穿白云
星星枕于西塞山上，临腰倚栏
可以看到远处的江水顺势转折
屋里住着小乔，仲谋继业
倘若复返还是半壁江山

路　上

路上，把静物抛在身后
包括步行者和飘浮的炊烟
前方的白云总有意想不到的美
前行，无数次重返
从来不曾倒退
就是离目的地越来越远
停一停，或慢下来
品味路边的风华和尘埃落定
不知道哪一个座位为我虚设

生与死

从血光中来
到冥火中去

来来往往都是小事
迎来送往才是天大的事

生是几滴水
死时一抔灰

树长大了为了燃烧
泪流干了便于安葬

一头一尾是固定的
中间因曲折或长或短
多一点,少一点
都没关系

雨水·浮物

春天慢慢长成一面镜子
花枝招展从闺房漫出
这容易使干净的面孔变得模糊
站在刚开始的地方
打量,很多污垢需停下来擦洗

浮物茂盛,急于挣脱泥土
向往云层之间的生活
住在高楼的人,与天地等距
触摸的都类似于灰尘
而不是温热的肉体
那些静止的,被动的
受到了祥云的宽待
不同的是,我在损耗
它们在积累

这些日月星辰的忠实仆人
会从雨水开始
落入凡间,半梦半醒,紧贴地面
等着被春天收容
等到清明被祭拜

我所牵挂的浮物
因为重复才有意义
永远离死亡很远
如同黎明与黄昏的前后夹击
星星与月亮的若即若离
有一片汪洋大海
有一处茫茫戈壁
有一段走不出的平原
找到浮物的替身
负责诞生、苟活和埋葬

我知道雨水是陨落之物
笔墨决定一张纸的浮华
空气永在地表之上
风吹灌胸腔
踉踉跄跄总是万物的背景
雨水与复生构成此后斑斓

历史不是买卖

有人搭了一个坛
堆积功名利禄的口水
声称可以载入史册

我只懂得些历史皮毛
深知这是个冰冷的深渊
对生者而言,它是多余的
对死者而言,它是虚幻的

就躺在病恹恹的宫殿
几乎没有人搭理它
藏在浩如烟海的典籍里
世人只知诸子百家唐诗宋词

原谅我记不起更多的名字
我更想看到古人的遗言
而非小丑如何盗名欺世

稻草人

春天的田野葱茏
再也难见稻草人了

或许,他们早已变节
趁乱涌进了闹市

真 相

当春天赞美所有的辛劳
真相是一枚落叶

当唇舌合谋人间的爱恨情仇
真相化为一张黄表纸

夜

将眼睑收拢,风感到寂寞
月亮铺好银色的被子
只等星星跑过来
为隔世浮华画上句号

可以想象支离破碎的肉体
终于找到温床,重叠或打开
制造白天未及完成的响动
不像叶片掉落,了无伤痕

有梦也有爱情
有碧波也有粮草
马儿驮着一身秘密狂奔
黑夜埋葬了多少痴情
烟火就有多么宁静

暗

大多数时候我处于暗中
身体是暗暗的城堡
关不拢,也打不开

我看不清自己的内部
当糟糕的表象超乎想象
灵魂也许是想当然的暗物

幸亏有光,有一条密道直通
不断磨损的窗户,过滤种种杂想
我发现沉默才是磊落光明

大多数时候热情处于暗中
路上是暗暗的陷阱
善良固然危险,不如安之若素

可以认定,血是红色的
它的温度拯救过干枯的草芥
马儿壮烈了,眼睛会因祸得福

我所说的暗,是日常忽略的空白

是浑然不觉的失败和晦涩之语
我看不到它,也无力和解

赶火车

黑压压的
涌向不慌不忙的火车
别挤,也别急
这节白白的铁盒子
凭票对号入座
一些空位虚席以待
一些座位会让空虚填满

别急,也别挤
熬过或长或短的时间
它都会送我们回家

签 字

记不清写了多少个同意
不快乐的事还是如影随形
终于可以不写了
只签上名字和日期
表明这个零部件的完好

春天到了,秋在排队
同意与否已无关紧要
事物在痛苦而固执地发生

无力的东西均可找到替身
一再重复机器的忠诚
供参考,供审阅
直至那些潦草无人认领

吾有眼疾

眼前越来越模糊
不知是自己老了
还是景色总在晃动

当我配上深度眼镜
外面骤然清晰
已不像从前那么完整
凝视久了,会感到疼痛

我选择睁只眼闭只眼
甚至假寐,才能摄取更多的光阴

我相信所见与所思一样长远
正如这种常见的眼疾
长在身体里,遍布人世间
不知道到底谁生病了

纸　命

信义，尊严，身份，美貌
都复印在纸上
生老病死、声色犬马、利害祸福
都苟且在纸里

出生证、婚姻证、老年证、残废证
学历证、职称证、任免书、判决书
似乎只有死亡不需要证明
房产田契、买卖合同、消费票据
草稿纸、书报纸、牛皮纸
似乎只有卫生纸不需要盖章

有时签上名字还不行
要验血，摁上指纹
使纯白变成肮脏
不是进博物馆
而是拖入垃圾堆

一生要花费多少吨纸
才能将自己火化
一生要收藏几页纸

才会含笑九泉

当黄表纸遇上蜡烛
在解脱灵魂的火里
一个人就是废纸一张
一个人就是黄土一抔

一个人和他的身后事

当我们谈论一个人
现在依赖面容和言语
以后只能凭记忆

我们翻起他写下的文字
发现眼泪是一场暴雨
满街呈现逃避或紧锁之门

所以,我不屑于关注物质
自然生长从来不缺关怀
不像我,不像身边的亲人
一点变故就饱含幸运或灾难

那些棱角分明的肉体
由基因及后天构成
哪怕是骨头,一双明亮如星星的眼睛
也会慢慢被碾成平面的画像
面对它,我如此慌乱

我们谈起一个死人
可以无所顾忌地口诛笔伐

如同对待花草的惜爱
一生都闪现在别人的漠视中
一生都镌刻在亲人的痛楚里
不能与之交谈
不能抚慰身后

茵特拉根广场的鸽子

一只鼹鼠一定会爱上海鸥
如同海水爱上蔚蓝

我有很多梦想告诉大海
一根线拽在人间,忐忑如风筝

花儿已由野生变为豢养
鸟儿掠过,使我黯然

比如茵特拉根广场的鸽子
甘为游乐园的艺妓
就在身边扑腾,轻舒而浪漫
眼前的觊觎就是一种危险

晚宴,主人会献上一只乳鸽
我艳羡它的年轻,永难见到它的老年

卷六
天虹花园

与生俱来的礼物一件件失去
有些人大步流星走进花园
但往往一无所获

　　　　　　——《天虹花园0号》

爱 情

行走于水中
在水群里剖析水的质地
当你在岸边沉默　注目花朵映在水里
的新闻　最终你会想起什么

寻找使技艺变得低劣
深思让面容走向衰老

在果实坠地的最深处
松懈将毁弃你一生的胃口
而爱情此刻在水花中
舞蹈　你可以惊讶她的脆弱
你可以原谅她的短期居留

想起一个女子
她昨天还在和你谈论
天气、诗歌和习惯甚至家庭
她说不清楚爱情
她只是自由地偎依着你
她只是注视着天空
似乎命运的难题可以在光芒下和解

你不一定相信
她此时仍在解释着爱情

面临的以及经历的个人问题
你可以绝口不提
你甚至可以一笑了之

当善良容忍了错位
你站立岸头可以洞见不幸的源头
两个人在一起就是爱情
一个人总是独身

当习惯已成嗜好
当古老的东西仍延续至现在
过程显得徒劳

1997.8

天虹花园 0 号

停留三个小时,也许还可以留宿
害怕留下灰烬和气味
五年前那些随心所欲的火焰

她嗅到了窗外来回走动的寒冷

这是迷宫一样的花园,女人居住
感到花鸟繁殖的迅速
天冷了,它们死亡

没有人群来往,白璧映射少女的光泽
白璧留下指纹和一次绝密的谈话
她用水小心地擦掉

时间越来越少了,家越来越近
与生俱来的礼物一件件失去
有些人大步流星走进花园
但往往一无所获

她用保鲜膜掩盖数量不足的肉片
她将精心选择的纱布缓缓拉上

她打开门,送走一个熟悉的过客
抒情戛然而止

有人谈起的是这座梦中花园
没有闲人走动,它有时被真相惊扰
自己把自己伤害

2002.5

从车站到车站

西局是北京一个偏僻的站点
小庄也是，南湖花园也是
到达目的地要转三趟车
一个朝西，一个朝南
坐三次你就到了

我们被一些符号牵引
有时可能反向或者坐错车
有时可能堵车或者发生车祸
这要贻误一些时间
甚至让你来不及做任何事情
你决定的事还不如你做过的事
真实可忆

前方有一种情绪
像车过的风声一样飘忽
总是漠视途中的变故和售票员的表情
过三站你就到了
下一站你就是一个有理想的行人

从车头到车的尾端

从城西到城南
从土地到土地
从心里到心里
我们被一些符号牵引着
像灰尘一样被过滤
然后伏在路边
和空气一样稀薄地呼吸

2004. 10

偶　然

故事生于偶然
亦止于偶然

比如出生，你应该是父母的第一个孩子
但你不幸成为唯一的一个
他们高兴，你感到幸福
他们吵架，你就很受伤

谋生的道路有多条，每条路会有多个岔口
岔口内又有多个枝节
每走一步就增加一份偶然
每走一步就可能改变你或者世界

路上注定会遇到很多人
有些人你只能看到但不能结识
有些人成为好友，有些人成为敌人
你能做到的仅仅就是忘记和怀念

某一天阳光很好，你的心情也不错
于是恋爱，结婚，生子，柴米油盐
生活中没有假设

只有日月轮回

偶然来自四面八方
所以你突然想笑,突然想哭,突然暴躁,突然狂喜
你有必要全部记录下来
告诉别人,你的路是何等不可逆转

2005.4

侧　面

在暗影中闪动的是火,那低眉绽放的月光
将脸部的一面示以外人
只停顿几秒,已经足够
多么像生活的侧面
时常引诱失去梦想的青年
拥有不可能完成的梦想
那些牵连还在,有时是茶馆种下的花果
有时仅仅掀开春天的一角
人群中再次遇见桃花一般的面孔
那一次的数字游戏只能是一种温柔
她与你有关,但猝然中断
灾难、福祉、壮观和平凡
仅仅一瞬间
多么像生活的侧面
即使使用再多的化妆品
侧面相加仍然是侧面的颜色

2007.7

有风吹过

有风吹过,吹过寂寞的脸
拂去空气里的水,水似的平静
此刻暗礁上升,海隐去
风吹过平原里的所有
人们所说的站立最终风化
成为不规则的嘴
这样的图形,天气里衍生的游戏
孩子们永远不会解答

不如处于边界,冷到极致
就是暖冬开始的那一天
你终于接近自己的地理
一个点,如符号一般
渺小、安静而自由
是安于路边还是滑向深渊
不如处于边界
保持射姿或被击中
时常有风吹过。

2008.6

暗 道

一扇门就是一个暗道
风吹过来
风陪伴他走出,旋而关上
居家的声音不知会伤害哪一个行者
一个暗道就是一个秘密
经常扫过大理石般的表情
内里坚硬,里面是火
被冷落或者忽略
掩藏不住理想
一个人就是一个暗道
有时候冲动地打开
像浮萍一样浸泡于江湖
那些裸露的躯体
如妖艳而冰冷的城市
让情感止于车站
让醉者怀念光明
诗歌留下一条条深深的暗道
如同今夜的月色
充满玄机

2010. 12

灵 犀

风起,仍在秋天的妥协中
每一天的莫扎特在异域,它有多长?
多长时间没听到你的声音了?
愿意为你铺陈,当一个彻底的配角
一枝独秀而又相互映衬
往往在期盼中不安。

那是属于玫瑰的时刻。一个用余生都难以还愿的
梦想,在早春遇见
运用白描和解剖,那些美艳的细节随风刮过
留下来陪伴路人,和我一样醉醒
曾经写出,然后删掉
悄悄走过并不代表不落痕迹。

雨点终究没有落下
室内已然满地落叶

风再起时,像小草一样安然。
但人生总有一段莫扎特
融入你和我的血液

想起桃梨和前往菜场的时间,开头以及下一个句子唱响时已经是挽歌。

2011.9

鼠

夜晚是我的领地。在天空未明之前
成为我的花园
幸福的人们无福看到失落的果实
而我能写下满园春色
并开心地与亲人们分享

我有时调皮地抚慰
一些干净而完整的肉身,这是我对美丽的
一种向往和试探
更多的时候穿行于肮脏
腐朽之处或许更适合生存
或者张扬我不同于别类
在这里我完成不可抑制的繁殖
和苟延残喘的积累
并由此成为人间的被告

我特别向往雪天
飘扬的白果自动成为我的猎物
我因为寒冷而安全
旁若无人也可以硕果累累
这样的日子是我区分是否该回家过节的标志

也区分贫穷和富足、快乐和忧愁、孤独和圆满
天空泪如雨下,我的同伴们仓皇
在纯净一片的田地里我看到衰败
也看到万物很快会复苏

我害怕声音,敏感于纷杂
及一切难以分辨的像纸一样透明的颜色
哪怕它们接近于无或若隐若现
所以我习惯了在众声喧哗下逃避
沉醉于夜里的穿梭

我喜欢我。躯体弱小但身手敏捷
安静而狂热
机智而勇于冒险
忍受误解可不发一言
夜里深情地出没
闲时信步于花园
白天是一个思考者

2015.1

与妹书

最艰难的时刻,我躲在夜里
描写亲爱的白纸
知道你在水中央沉沦
我决定外出寻找
那些逝去的更优秀的礼物
你不会知道我的后悔
和从头来过的决心

可是悲伤干扰着我的改变
只能用器具取暖
只能放纵超过体重的胸怀
我夜归,或者你
试图忘记虚构的一天
那些虚设的每一天
自由而充实地醒来
我仍然泛滥着眼泪
和你一样,将不幸归因于命运
所谓的失去就是徒步行走
或若即若离

2015.3

不可宽恕的如果

此刻我坐在公园的长椅上
两条孤独的船在死湖里
形影相吊而若即若离
每次跑步经过,我都会停下来
推想它们为何被主人抛弃
四周的灯火为何这么长久
我突然想起如果,一个好词
没有成本且永无兑现
由此贻误多少时日,挥霍在幻想里
像小船不可自拔
不可宽恕如果,且行且退
如果不可宽恕,就坐在长椅上
累了稍息,然后向前奔跑

2016.4

我的母亲

她活着,唯独放不下子女
哪怕是遇见一生的恰好
哪怕是忍受不想再见
哪怕是望瞎眼睛感知来日

她用美丽换取另一种美丽
她用感情储蓄另一种感情
她用理想守望另一种理想
她用付出安慰另一种付出

可以无限涂改自己的历史
绝不希望子女流下孤苦的眼泪
可以迁就所有的现在
不翻动过去,不惊动未来

2016. 5

附录：评论与跋

诗行里悟出的真如

马 竹

诗人卢圣虎在珞珈山读书四年，他是我的学弟。1973年生于湖北洪湖的卢圣虎18岁那年考入武汉大学历史系，大二开始发表诗歌作品，迄今已在《诗刊》等多家文学报刊发表诗作数百首。在我看来，他已经写出了很多很好的诗歌作品，但名气似乎不大，原因很多，其中之一是他没有得到诗坛足够的重视。当然，不被重视未必就是一件坏事，因为我确信随着时间的推移，随着人们对于诗歌阅读深度的加强，卢圣虎的诗，将来一定会被更多人喜欢和记诵。

我见过卢圣虎，他看上去很是安静，甚至有那么一点不善言辞的样子。凡拙于言辞的作家诗人，一般来说内心世界十分的丰富，思维也较之常人活跃许多，且其活跃部分中多是沉淀很久之后的语言文字，如汹涌河流，或喷发的火山。我初见卢圣虎时，能感觉出他目光中有时有鹰，有时又有鹤，就是说我看到了他骨子里的勇气和智慧。鹰击长空是一种状态，云心鹤眼是又一种状态。人品即诗品，所以那次在武汉大学樱顶参加2017年《珞珈诗派》诗集发布会，当我第一次与卢圣虎认识并交谈之时，我已经意识到我喜欢他的诗歌，是有深沉缘由的。

　　总览卢圣虎大学毕业后这二十多年的诗歌写作，我发现卢圣虎不像有些诗人那样时时处处都在逼着自己写诗，事实上这么多年来他写诗写得格外小心谨慎，乃至有些战战兢兢，仿佛是在没有听到万物发出"色声香味触法"的具体信息之前，他宁肯处在一种无从下笔的状态、苦思冥想的状态。我认为，这其实是因为他不忍随意托物言志，厌恶信口开河。

　　最早我是通过一个近两百人的诗歌微信群读到他的部分诗歌的，越读越喜欢，于是我偶有自问：为什么会喜欢卢圣虎的诗？为什么建议热爱文学的人们可以多读卢圣虎的诗？是他的表达内容吗？是他的表达方式吗？仔细想想，真实的文学情怀可能是，我觉察到他对诗意的理解有别于其他许多的诗人。所以，此文我要解构卢圣虎诗歌的诗意究竟。

　　美丽东湖之滨的武汉大学有座名山名曰珞珈，在我心里她是一座诗歌圣山，因为珞珈山诞生了许多国内外著名的诗人和作家，我认为卢圣虎亦是其中之一。我在这里简要介绍一下珞珈诗派，以此阐明诗人卢圣虎的文学背景与渊源。20世纪80年代珞珈山的少年才子们创建了一个诗歌流派，名叫珞珈诗派，创始人中的李少君、陈勇、黄斌、洪烛等人，如今文学成就卓然。后来珞珈诗派微信群建立，很多诗人作家因而很快凝聚了起来，这其中包括名震文坛的王家新、喻杉、李少君、陈勇、黄斌、邱华栋、李建春、洪烛、车延高、阎志等作家与诗人。在这个诗歌微信群里，很多当代诗歌作品与评论、诗歌活动，我们都能及时了解到。珞珈诗派的文学影响力，正在与日俱增。

我在珞珈诗派微信群里读到卢圣虎的诗作后，觉得他有与众不同的诗作个性。在当下犹如蚁族的诗歌写作场景中，个性明显的诗歌作品其实少见，虽然诗人形象与言行风格异彩纷呈，但把诗歌作品写出鲜明个性者则是凤毛麟角。我对卢圣虎诗歌的阅读直觉最开始是：卢圣虎是一个纯粹的诗人，他的思想和情感、语言和表达，都是干干净净的。

既然我开始留意卢圣虎的诗歌作品，我就要大概知道他的写作经历。很快我查到他已出版多部诗集：《鱼光灿烂》、《三生石》（合著）、《天籁中的偶然》、《若即若离》、《由暗到白》、《一边卑微一边完美》、《玻璃患者》等。这一年多来，他发布在微信朋友圈的每一首诗歌，我都有认真地阅读。越读越能证实我最初对他写诗的文学判断——他是一个非常纯粹的诗人。是的，卢圣虎是一个纯粹的诗人。这是我特别要强调的一点。

卢圣虎的纯粹表现在他始终忠于诗歌唯美抒情的本质，他沉浸在写诗的各种痛与各种乐之中。前不久我决定索要他早期的诗歌作品研读，我发现从一开始写诗他就认准了一个真字，牢记了一个美字。就是说，卢圣虎之所以能够成为一个纯粹的诗人，是由于他一直都在真实生活里、真情生命中、真切自然处寻找诗歌创作的素材，对一切有情众生进行纯真纯美的文字表达。就是因为这个纯真纯美诗学观念的强烈驱动，卢圣虎诗歌所呈现的真和美，不仅表现得温和有力，且能恒久渗透人心。

"具体而言，我追求的诗歌表达往往从生活中一个片段出发，以诗意的描述来呈现自己对生活、对生命、对时代的虽然可能肤浅但绝对真诚而审慎的认知。生命中可以挥霍物质，但绝不能挥霍包括情感在内的任何书写。"这是2013年8月诗人卢圣虎在他的诗集《若即若离》研讨会上的一段发言，我觉得，这也基本上算是表达了他对诗歌的认识亦即卢圣虎的诗歌观念。

究竟什么是诗意？究竟什么是卢圣虎的诗歌所呈现的诗意？弄清楚这两个问题有助于我们接近诗歌本质，接近卢圣虎诗歌的内在。

常识告诉我们，所谓诗意，是诗人用一种艺术方式对现实或想象进行描述，完成自我感受的语言表达。在情感立场上有歌颂和批判两类，在表达方式上有语言委婉和直抒胸臆两类，在文字形式上则丰富多样难以分类和归类，诗经、楚辞、乐府、唐诗、宋词、元曲等都是。

卢圣虎的诗歌所要呈现的诗意是什么？有真实如常，有真性如果，有真相如此，有真情如斯。在大量阅读他的诗歌作品之后，我清晰看到卢圣虎对"真"字的探究之用心深刻：他对这个世界上的一切存在和不存在都有全心全意的观照和转述，是一种审美共鸣下的物我同在，亦即神识与辨识同在。甚至可以直接总结为，卢圣虎的诗歌创作表达的诗意是两个字：真如。

查阅佛教起信论，我们可以得到这样一个知识：一切诸法，从本以来，离言说相，离名字相，离心缘相，毕竟平等，无有变异，不可破坏，唯是一心，故名真如。可见真即真实不虚，如即如常不变，合此真实如常，是为真如。由此演绎，真即真相，如即如此，真相如此，名为真如。虽然我不太清楚诗人卢圣虎是否对佛教哲学有研究，甚至不了解他对佛学兴趣怎样，但我从他绝大多数的诗歌作品中读到了他慈悲善良的情怀、囊括万物的胸襟。古今中外大多数诗人都有类似这样的诗情，但并不是每个诗人都有足够的语言天赋把这与生俱来的善良慧根充分表现出来。卢圣虎驾驭文字的能力是否源自这真如的本性，这需要专家学者们进一步深究。

> 不如处于边界，冷到极致
> 就是暖冬开始的那一天
> 你终于接近自己的地理
> 一个点，如符号一般
> 渺小、安静而自由
> 是安于路边还是滑向深渊
> 不如处于边界
> 保持射击或被击中
> 时常有风吹过

这是卢圣虎发表在《诗刊》（2013年9月）上的诗歌《有风吹过》中的一节，我们可以读出他对无常的认知至为深刻。"地理"即"边界"，这个意象最里层的属性是渺小、安静、自由，与无常对应的就是所谓的常：每一个体存在的形态或处境的事实或曰真实。无论经历什么，无论痛或乐，风的吹过是必然，是无常之中的常。

类似这样的诗作和诗句，在卢圣虎的多部诗歌集子里有很多很多。他保持这种以心观心的细微观照，始终洞悉一切事物存在的真理属性，精准而深刻地用他个性化的诗歌语言，将事物的真如，生动表达出来。

简历是自己写的
终究由历史删减

有些人的简历越写越长
记下的是坎坷，不是财富

有些人的简历很短
短得只留一个生动的名字

简历是自己写的
最好留些空白
它是出没江湖的身份证
死了，让别人来念长长的悼词

这是2017年10月卢圣虎的一首新作《简历》。我个人很喜欢他这种对生活琐碎存在的思考力及其表现力。在他的笔下，简历只是一个物象，透过这诸相皆空的表面，他观照出有常无常的无限丰富性和多样性。很多诗人可能会觉得这样的题材不好入诗，但在卢圣虎笔下，许许多多司空见惯的寻常事物、琐碎事情，都显出了其真实不虚和如常不变，亦即真相如此。所以卢圣虎的诗歌创作没有题材限制，大可以大到洪荒宇宙，小可以小到滴水游丝。卢圣虎的诗歌取材全都依照他内心的真情如斯（也还是真如本性），因此任何事物任何时空下的全部存在，不分大小与好坏，随时随地纳入这真如境界，心动成诗，引人入胜。

我大概也只能从这一个层面解释我所理解的卢圣虎诗歌的诗意所在，毕竟他创作的诗歌数量很大，涉及内容表述、情感表现、思想透露、技巧呈现等方面的评论分析，我这一篇文章的文字恐怕远远不够表达。我喜欢读卢圣虎的诗，建议热爱文学的人们多读卢圣虎的诗，因为他的诗意尤其具有内涵，值得反复品味。

"'寻找雪村，就是寻找生活的诗意/与其刻意地制造遥不可及的梦想/不如静静地写下属于自己的文字'，我写过的这首诗，再好不过地替我说明了诗歌之于我的一种呈现、拯救与依赖。"这也是卢圣虎在他诗集《若即若离》研讨会上的一段发言，我觉得他用"呈现、拯救和依赖"这三个词，丰富了他对自己诗歌意义的理解。既然真情如此，其诗当可歌之！

马竹，中国作协会员、湖北作协全委委员、武汉作协全委委员。主要代表作有中篇小说《芦苇花》《荷花赋》《父亲不哭》《戒指印》《南水北往》《巢林一枝》等。曾获长江文艺奖、芳草文学奖、湖北文学奖、屈原文艺奖等。著有《马竹作品精选》。

歌声在远方与近处徘徊

李鲁平

我与卢圣虎认识时间不长，只是匆匆见过几面。印象中，他跟我一样，有着某种这个年龄的压力和焦虑，更与我相似的是他也不善言辞，或者不喜欢言辞，准确地说，是不喜欢解释。他把言说的才华转换成了一行行诗歌。诗歌便是他的土地、他的世界，负载着他对世界的满腔诉说。正如诗人自己所写："好东西都藏在泥土里/倦于言说善的一面/让垃圾不停止繁衍/直到累了歇息，成为化石/然后收归帐下/不留一丝哀愁在人间"（《好东西都藏在泥土里》）。不想言说的，想要言说的，都在言说之外，在文字里。我相信他的"泥土"里的确藏着好东西。

卢圣虎来自洪湖，这片长江中游的神奇水域对很多创作者都有枷锁般的束缚，但对卢圣虎似乎并没有发挥出此种魔力，他的诗歌不依赖洪湖，而是从任何地方、任何事物都可以出发。比如《我是玻璃的一种》，从玻璃的透明与不透明出发，抵达人的磊落与阴暗。比如从日常生活出发，"留下金黄金黄的壳/屋里子就鲜亮了"（《剥龙虾》），在日常点滴中发现生活的光芒和价值。比如，从秋风中的一片树叶抵近脆弱的人生，"每一片叶子都有自己的归宿/有一片落叶在脚下飘/

……此刻它在忘情地舞蹈/不可控制融入沃土或水火的命运","没有谁像今晚一样脆弱/风在吹,雨鸣咽/多少人在沉睡里恢复或凋零/只有秋天会暗示我"(《风吹在夜里》)。比如,从一次见面发现高贵的品质,"他对任何事物都表现亲切/比如圈养的菜叶、冰冷的石头/面对没完没了的敬酒……还是愿意宽慰失落的女子/与祖谱里的兄弟多次拥抱……在草地上、石缝边、旧墙根留影……专注所有诚恳和渺小/一种久违的高贵扑面而来"(《见过剑男》)。他也关注"高考""初夏""神""下棋""果子""婚姻登记处""鸟""死亡""葬礼""灰尘""羞愧""泪水""棉花""天堂"等等,他可以借助广泛的意象来叙述人生,用诗意点燃人生、社会、精神领域里的每一片空间。正因此,阅读和梳理卢圣虎的创作,自然有不少的难度。

尽管如此,我们还是可以窥见,在卢圣虎沉默平静的外表背后,存在着几缕鲜明的轮廓线。从某种角度看,卢圣虎是一个悲观主义者。比如针对不同人的身后影响,卢圣虎在《车过马王堆汉墓》写到"我不明白为何突然想起李敖和利苍",利苍夫人的奢华被后人当文明史赞叹,而李敖留下了未及整理的84卷文稿和世人毁誉。这其中的差别所显示的历史的非逻辑、非理性的一面,让诗人沮丧。也许终有一天,这种差别会颠倒过来,人们惊叹和赞美的是一个有着极大创造力的文化人的成就,但公平和真理的出现往往要仰仗时间的漫长流逝,人们在短暂的人生之中往往等不到。比如,"我经过很多个驿站/天空与四季同别人共享/没有一件是属于我的/只有长长的路会伴我终生"(《出租屋的行李》),诗人与别人不同，别人从出租屋迁走，会带走所有物品，诗人只带走几件换洗衣物。这当然不是为了讲究阔气、大方，而是诗人内心深处对"属于我的"的固执。在诗人看来，如同天空与四季都不属于自己，其他的也同样不属于自己，属于自己的仅仅是一条路，一条孤独、寂寞甚至看不见亮光的路，如同深渊。这样一种悲观的情绪几乎弥漫于卢圣虎大部分作品里。

难能可贵的是，卢圣虎的悲观体现于对世界时刻的警觉和觉悟之中，《白色床单》便是一个例证，"我不明白旅店为何都是白床单白被子/所以每次住店总涌起不祥之感"，这种极不安全的警惕，只有在故乡才能释怀，"不像家里，会铺上温暖多样的颜色/整夜的黑让我安心素描"。悲观很容易与戏谑、自嘲相伴，如《回家》中所写"在你抬头的远方/空中呈现着它的美丽/漂泊，是各自安好的虚度/也是一种飞翔"，诗人写了回家之前的打点行李，写了车站里的熙攘和迷茫，最后把一年到头的漂泊和虚度，描绘成美丽的飞翔。当然，不能简单把诗人审美意义上的悲观态度等同于厌世、宿命和犬儒。仔细品味，《回家》之中虽然带有辛酸和疼痛的自嘲，但超越了悲观。

卢圣虎对自我角色、自我存在、自我价值有很多思考和表达。诗人反思自我，基本上是一种本能。当然这种拷问的前提必须是诗人的创作达到一定的自觉。但"他们把我拼装成丑陋的行者/却希望我滋润百年"，"我不知道自己为何与众不同/人间流行物以类聚/何所予，何所安"（《何所予，何所安》），不是每个人都会反思自我在集体与社会中的位置、状态以及根由。诗人在这首诗中所写，自我的性格显然不是父母的遗传，看了族谱，也不可能是祖先的基因，由此发出了"何所予，何所安"的拷问。其实，诗人对"自我"本就持有一个解释框架："大部分时间/我与物质没有区别/被冷落，挤压和丢弃/保持一贯的沉默/也会被拥有/如避雨的羽毛/当你需要/可以轻易带走我/但带不走灵魂"（《我与物质的区别》），被当作手段或工具，但始终坚守着自己的内心，这种极端清晰的自我认识残酷而悲壮。又比如，"我终于被宇宙接纳/……/它的重量与万物不同/会沉淀，也会歌唱"，诗人并不惧怕自己的特立独行和与众不同，相反，对自我怀有非同一般的自信。诸如此类的作品还有《致死者》《定数》《一个短于言辞的局中人》《停不下来的蹉跎》《生与死》等等。

有反思必有批判。卢圣虎有一类诗作，从日常生活出发，对自我、人生有着毫不迟疑的批判。如"不知读过的书值几斤/从前干净而敏锐的肉体/要多少银子才能赎回"（《书论斤卖》），人的成长是一个经历不断丰富，从而也是精神和灵魂更加复杂的过程，与单纯读书的青年时代相比，其思想无疑会带有更多的杂质，对世事纷纭不会从单纯的感觉和冲动来考量，这个过程也是不可逆转的进程，读书并不能让人返老还童。由此，没有人不怀念纯真的读书生活，但读书并非生活的目的，读书的价值在于丰富人的精神和心灵，在于面对世界和人生。在此我感受到了诗人的矛盾：既怀念吸取知识的单纯岁月，也不满意对知识和书籍的鄙视，又慨叹自身因为读书而产生的变化。卢圣虎的部分作品，在阅读中常常会有类似的困惑。如《玻璃的一种》，从"有一种玻璃/可以看透外面/别人看不见我"出发,告诉世界,"这种不对称的寻找/不是我所需要的",不管从外面看里面,还是从里面看外面,诗人希望大家都看不见"沮丧的日常",诗人立足于对"玻璃"隔膜的质疑,发出对透明和阳光的呼吁。其他如《埋伏》《穿过夜晚的盲者》《夜宴》《我群居着,还是感到孤单》《宽容其实是极致的挑剔》等作品,都通过生活世界的一个小小的窗口,放射出灼热的疼痛之光,在批评中祭献诗人对美好的真诚向往。

没有哪个诗人可以离开故乡,卢圣虎虽然不依赖洪湖,但其诗歌中仍然有不少写家乡和亲人的,这些作品是最令我难忘的。《致失明的母亲》是其中的典范。一首写给失明的母亲的诗,不是写母亲的看不见,而是写母亲"看到的光"。"是从前/父亲拉着板车贩菜的凌晨","是我/在樱花树下与寒梅相守的影子","是屋后/一排排白杨",这些都是母亲曾经"看到的光",是有关过去生活的记忆,但现在母亲"只能看到夕阳"。分明就是盲人,母亲如何看得见夕阳?这是令人牵扯的转换,"眼里没有黑暗,田野单调/而寂寥。常年坐在干涸的河边/风是手杖,捎来你所感知的冷暖"。我们突然领悟,母亲并非真的"看见"了夕阳,而是一个生命正走近夕阳,凄凉的乡村并不在她的视线中,而在她的内心。诗人把一种对生命的感悟通过"外在的"看见与"内心的"看见对照,从而使得诗歌表达的母子之爱沉重而辽阔。又如《外婆桥》对老人担心的描写,她们不仅生前担心晚辈,去了天堂同样为晚辈操心,"生前是很多晚辈间的桥/太窄,总是不停地摇晃/见过了大桥/她在天堂里更加担心/亲人们如何蹚过那些滔滔的河流",这些对家乡和亲人的深情书写,或悲壮,或怜悯,或沉郁,也写出了一个男人形象,我们似乎可以看见诗人在远方的黑夜里,捶胸、蹈足、掩面、抓头、流泪。

无论写自我的思想,还是写社会,抑或写家乡、亲人,卢圣虎的许多作品都闪烁着冥想的气质。比如对远与近,通常说朦胧就是美,保持一定距离看对象更有陌生感。但卢圣虎的《远比近好》还不完全是对"远"的朦胧和"近"的清晰的比较,"与残荷靠近,你仍然是清流/与水靠近,你是岸边/与岸边靠近,你是作为背景的松林/与松林靠近,是坟茔",近处所见的事物,清流、岸边、松林、坟茔,都是伤心之物,此种情感因为近而更加强烈,而远可能因此淡化这种强烈的刺激。因了冥想,卢圣虎的抒情便格外沉郁、隐忍、节制,如《黄石》,"每一个地点只是人间的旅馆/异乡人,不同于举家迁居/而是应势歇息,或沉沦/为残存的一点点留恋/哪里有人等我,哪里就是我的家园",诗人放弃了传统的"家乡"概念,把人生的每一处看成旅馆,而其内在的支撑是"应势歇息""沉沦""留恋"。这里的"应势歇息"是至为关键的,没有"应势",就会固守出生地不放,就不会有对家乡的当下性理解。只有抛弃了家乡,才可能把只要有人等待的地方都看成家园。诗人对离乡、异乡以及家乡的复杂情感以及抒发,隐忍地潜藏在对家乡观念的"放弃"与"创建"之中。

由此可以说,卢圣虎诗歌的情感所带有的个性,很大程度上来源于异乡生活带来的精神和心灵上的漂泊感、破碎感。同样是写异乡与家乡,在《客居》中,就充满了比《黄石》

更加明显的流离和忧伤。"在出走的地方/我从来没有看得这么高远/通往远方的路依稀曲折/其实远方就是近处",我们发现卢圣虎再次涉入了"远"与"近"的主题,不同的是诗人在这里不是要注目家乡与异乡的时代变化。即使在出走的远方,诗人同样可以看到"父亲从早市上采购归来""母亲忙着收拢过冬的温度""哥哥在屋后浇灌花草",这些亲人的劳作及其作息,"我"再熟悉不过,不因为"远"而不知道,但这些场景在任何一个远方,在"我"客居的任何地方,也能看到,无数的父亲母亲兄弟都如此生活着,因此,"我倾心善待遇见的所有亲人/在同一个方向相爱、相伤"。"客居"就是一种破坏,一种对生活和精神完整性的破坏,但有时候,这是一种使命,承上启下的使命,因此,对离开自己越来越远的亲人,对越来越远的家乡,对始终处于破碎的心灵,只能期望通过"倾听"弥补,既可以是即时的电话倾听,也可能是偶尔相聚围炉畅谈,还可能是关于家乡的道听途说,总之,有关家乡和亲人的各种谈论,都可以建立起相对完整的"在家"氛围。

鲜明的悲观色彩,自觉的自我反思和批判,在异乡与家乡、远与近之间的漂泊与冥想,基本构成了卢圣虎诗歌的面貌与特征。卢圣虎从家乡出发,从异乡反观自己的世界与他人的世界,过去的世界与现实世界,家乡的世界与此在的世界。这是诗人得以建立起自己的创作观的重要坐标,卢圣虎发现了它并树立了它,从此,歌声就在远处与近处徘徊。居住在以矿产闻名于世的大冶,"好东西都藏在泥土里",黄金、宝石都藏在泥土里,植物的种子也是从泥土里开始灿烂的一生。卢圣虎也是如此,在他的泥土里,的确埋藏着一些好东西。

　　李鲁平,湖北省作家协会副主席,武汉市作协副主席兼秘书长,评论家。

"给所有知道我名字的人"
——读卢圣虎的诗

荣光启

一

几年前涂险峰教授就特别向我推介诗人卢圣虎。圣虎是武汉大学历史系92级学生，涂教授曾经担任过92级中文系的班级导师，对这位校园诗人印象深刻。涂教授向来品味甚高，不轻易表扬人，他举荐之人，我自然留意。2017年12月初，因首届"珞珈诗派"学术研讨会召开，我第一次见到圣虎。可惜当时因会务繁忙，无暇多叙，印象中他黝黑的脸膛几次闪亮了珞珈山庄。待到再次见面，已是翌年清明。那些天广西老友罗汉来访，我带他去黄石一带走走，到了圣虎地界，相见甚欢，自是水到渠成。

我读大学是91级，学中文，圣虎学历史，都是文科。但那个年代，你无论读什么专业，在校园里耳濡目染，都会有一点人文关怀与文化视野，文化哲学文学方面的书，都会有热情去读。圣虎在那时开始习诗，我在那几年也仰慕1980年代末学长们的背影，在好好体会他们的青春形象与人生追求，写诗则是毕业之后的事。那一代大学生的人文素养、学识上的追求、对社会的抱负及对国家未来的热情关切,让我既钦佩又为之激动,他们塑造了我心目中一个时代的知识分子应有的形象。"黑暗中/世界仿佛已停止转动/你我的心/不用双手也能相拥……请你为我再将双手舞动/我会知道你在那个角落/看人生匆匆/愿我们同享光荣……"这是台湾歌手赵传1990年《我是一只小小鸟》专辑里的一首歌,《给所有知道我名字的人》,1970年代出生的我们,好多都喜欢唱。我们不是什么公众人物,其实没有几个人知道我们的"名字";我们不是舞台上的明星,期待粉丝们永远为我们将双手舞动。但我们曾经有共同的年代,共同的激动与畅想,所以"你我的心/不用双手也能相拥……"那让我们一起陷入怀念与感动的,其实是"我"个人在一个远去的年代的投影。也许,那才是真正的"我"的"名字"。见面那晚,我们一起唱了这首歌。当我看到圣虎将这些话放在新诗集的《跋》中,我有点惊讶,深深感动。我们是有同样背景的人、有同样性情的人。

二

我宁愿放眼灰蒙蒙的夜空
也不愿看到嘴和脸挤在一起

所以我选择在广场徘徊
让雨均匀地洗刷面部

然后大步流星走向灯火处
与别人点头,握手,寒暄

感觉这张脸

与光一样白,与白一样空洞

在这首题为《面目》的诗中,圣虎自述了平日的生活状况,不愿与一些"嘴""脸"相遇,但又不得不从"广场"回到灯火阑珊处,与人点头、握手与寒暄。圣虎居于鄂东南之大冶,职业之故,常出没于市井之中,但不是一个爱热闹的人,言辞也不多,他似乎是一个时时在辨认自身形象的人。"我是谁""诗人是什么"这样的问题,常常在他的心里盘踞。这话搁在别人身上,也许有些矫情,但在圣虎身上,大概是适宜的。他写了太多的自我之诗,"我的文学史""我的个人史"常常是他的诗歌主题。《何所予,何所安》中,他说:"除了自己,我没有恨过别人/我爱过的比敬过的多/就像摄入的酒总是少于粮食/得到少于给予,晴朗少于雨天/母奶早已被我挥霍一空/精血在体内日复一日病变/这远远不够我丰腴,甚至挺立/他们把我拼装成丑陋的行者/却希望我滋润百年/我一直在寻找出身的基因/族谱里没有显赫的记载/我不知道自己为何与众不同/人间流行物以类聚/何所予,何所安"。

1903年2月18日,里尔克(Rainer Maria Rilke,1875—1926)在给一位青年诗人的信中说到"写的缘由"的问题:"只有一个唯一的方法。请你走向内心。探索那叫你写的缘由,考察它的根是不是盘在你心的深处;你要坦白承认,万一你写不出来,是不是必得因此而死去。这是最重要的:在你夜深最寂静的时刻问问自己:我必须写吗?你要在自身内挖掘一个深的答复。若是这个答复表示同意,而你也能够以一种坚强、单纯的'我必须'来对答那个严肃的问题，那么，你就根据这个需要去建造你的生活吧；你的生活直到它最寻常最细琐的时刻，都必须是这个创造冲动的标志和证明。……躲开那些普遍的题材，而归依于你自己日常生活呈现给你的事物；你描写你的悲哀与愿望，流逝的思想与对于某一种美的信念——用深幽、寂静、谦虚的真诚描写这一切，用你周围的事物、梦中的图影、回忆中的对象表现自己。如果你觉得你的日常生活很贫乏，你不要抱怨它；还是怨你自己吧，怨你还不够做一个诗人来呼唤生活的宝藏；因为对于创造者没有贫乏，也没有贫瘠不关痛痒的地方。"我有点明白为何圣虎的诗歌产量较高，他自己就是写作的源泉，可以不依靠外在的材料，对于自我的省思已经足够他吸纳日常生活场景来抒发个人之情。他是自己的井，以自身为灵感之源。我相信近三十年来没有放弃诗歌写作的圣虎，是一位"必须写"的诗人。他内里时刻涌动着对自己的倾诉、对世界的倾诉，写作是他的呼吸。

"何所予，何所安"，得到了什么，便在哪里得着安慰。他所得到的，是诗的灵感；他所栖居的，是在诗的写作之时。新诗集的《跋》中他说："在诗歌面前，主张安静，倾向于以独特个人经验观照现实，以简洁的文字获取澄净而诗意的语感，不拒绝新锐亦不擅长冒险；惯于欲言又止或隐语式地表达我所认知的抵达。这种状态正如维吉尔所说：我已经引导你看见了时间和空间的火焰，在这条界限的那边还有什么，我就看不见了。这样的迷惑也许能靠恒久的书写来释解。"

白天，我当了一天的听众
　　傍晚，愿听家人絮叨
　　人们终于疲惫
　　我还在书里找人对话
　　又听了一整夜的雨

　　圣虎是一个不断深掘自我、与自己的心灵及人类众多灵魂对话的人，他有自己的"生活的宝藏"。这种生活宝藏除了日常生活中的阅读积累之外，更大一部分是圣虎的内敛与谦卑。圣虎诗作甚丰，但为人低调，他不期求诗坛对他的认同，写诗的意义似乎只是为了辨识自我，安慰心灵，若有两三个人的赞许，那已经是极大的安慰了。他将文学写作带回到最初的意义：自我心灵所需、必需的呐喊、那镜中的自画像、那可以安慰自我的阅读……他的写作，不是为了要挤进文学史或者倚仗已有的成绩盼望进文学史，他的写作，从一开始就在建构自我的"文学史"。写作与自我之间，构成了一种相依为命与互动生成的自足关系。在大冶城，我看到的就是这样一个因文学而自足的文人。

三

　　在《我的文学史》一诗中，他写道："40岁之后/我开始读自己的文学史/过去是酒瓶，现在是水//我将它们串起来/沟渠港汊也是一幅画/在一个名叫戴家场的小镇里/从未想过要与世界对话/只希望影子跟着我长一点/在土地里能准确找到自己的位置/照顾好离我最近的人/回答着父母关于落日的去向/我不再惊慌江湖里的一长串名字/我的文学史就是沟渠港汊/太阳与月亮更替,繁星从不缺席/不是可有可无的一个页码/只需静静流淌/就不可或缺"。所谓"我的文学史",亦即个人的成长史,不同的是,对于诗人而言,他的成长在文学写作之中,所以他可以回溯,可以去"读"。类似的作品还有"我的个人史":"走了很长一段路/前面还是纵横交叉的标牌/房屋高低各有苦恼/天空的表情仍反复无常/白云暗笑地面的拘谨/江湖滚滚,哭泣显得多么矫情//觉得风光还是最初的好/停下来,就待在原处/回首一段短暂的个人史/那些经历的美、风花和伤疤/是否找到了一块风水宝地/存放野牡丹上的云烟"。(《风光还是最初的好》)

圣虎如此不倦地书写自我,我想是在辨认他个体生命的独特性,"我"是谁?或者说,那属于"我"的"名"是什么?"我"要如何告诉别人自己在这个世界上的存在状况?

《我与物质的区别》:

大部分时间
我与物质没有区别
被冷落,挤压和丢弃
保持一贯的沉默
也会被拥有
如避雨的羽毛
当你需要
可以轻易带走我
但带不走灵魂

我将所见所思记录下来
表明自己来过人间
后面的事
我就不知道了
很多人会替我了结
我的名字刻在一块石头上
骨头和产地一样不朽
当然，这是最理想的

在这首诗里，我想圣虎要说的其实是"我"与世界的区别，"我"灵魂的样子，那才是"我"的"名"。写诗，是这样一种语言活动，给自己，也是"给所有知道我名字的人"。"我"的"名"，乃是那茫茫人世中一个写作者的形象，一个你可以不知道名字但你也许能够辨识出的人之独特的存在方式。如果你也感念于这样一种人的存在方式（以诗为路标记录自己，辨认自己），那么圣虎的写作，也就真"与你有关"了。

四

我把走过的路切成果实
但不够亲人们分享
我还要再次走进密林
或者另辟蹊径
寻一条没有人走过的路
把收获寄给你

> 写下诗歌立为路标
> 你看到江湖就要返回
> 那是我无法渡过的河岸
> 每到七月，雨水泛滥
> 从平原打捞的浮木
> 是你雕琢人间的
> 唯一遗产

"写下诗歌立为路标"，这是圣虎独特的生活方式，是他精神的栖居之所。最普通最乏味的日常生活场景，在他的诗歌叙述中，常常变得饶有趣味或意味深长。《7月5日记事》中写道："父亲从福利院打来电话/说母亲的低保可以按规定调整/我只能远望故乡叹息/微信里传出诗人殷龙龙病重的消息/我看到塑料管子将他捆绑/眼神空洞，美好的诗歌是那么无力/一个贫穷的孩子已经大四了/她的母亲特地为报社送来锦旗/爱心使回乡的路铺上了一层霞光/世界杯八强赛要休整两天/为了新房首付我还在酝酿不失尊严的乞讨/下一位朋友会不会也婉言谢绝/上午买来的鱼已气若游丝/很快就被肢解呈上餐桌/我巴望着俄罗斯球场的悬念/但愿拨散空气里的糟糕成分/让我有整个夜晚的欢欣"。这乏味的一天，这冗长的一日，这如火如荼的世界杯突然休整的间隙，在诗歌中获得了趣味。"上午买来的鱼已气若游丝"透露着作者对自我与生活的某种悲剧性感受。在另一首诗里，诗人写道："我看到她们笑/就好像看到她们悲伤//我听到她们自语/就好像闻到了花开的惊惶//我时常感到疼痛/一定是亲人在无助地远望//我不知道忍过了这一夜/天明是否有美好的补偿/总有一种痛楚如芒在背/就是不知道何时起何时休//我深陷今生的苦难/坚信来日方长"。(《总有一种痛楚如芒在背》)那气若游丝的"鱼"对应着生活那广阔的悲剧与丝丝缕缕存在的"坚信"。

> 每次陪女人逛商场
> 我都紧紧攥着她的手
> 不是担心她走失
> 而是害怕她在柜台前停留
>
> 珠宝首饰常设在一楼出口处
> 我一般会飞快地绕行
> 跑到店外点燃一支香烟
> 看着她一步一回头的馋样
> 就会羞愧地想起平时散步
> 也是紧紧攥着她
> 不是担心她摔倒
> 而是害怕她弃我而去
>
> 我喜欢这样的状态
> 总是紧紧攥着她
> 一起心酸,一起到老
> ——(《陪女人逛商场》)

这首诗也许会让读者觉得有趣又感动,"我"的心理是有趣的,也是可以理解的。而诗作最后的"……总是紧紧攥着她/一起心酸,一起到老"则让人真的有点心酸。让人难以应对的"生活"(或者说更深处的人之生命的难题)总是与我们相随。普通的日常生活场景,在圣虎的诗歌叙述中获得了意想不到的趣味与深意,这大约是文学写作之于生活的一种救赎。

五

圣虎是一个朴实地爱着亲人的人。他关于亲人的诗篇,质朴、深情、意象独特、意境深远,特别见出一位出生乡土又经历过城市焰火淬炼的现代诗人的功力。

> 父亲的庄稼挤在牛栏里
> 一车廉价的蔬菜要贩往很远的街市
> 星辉追赶着晨光
> 归来,是刚刚升起的太阳
>
> 如今他老了,庄稼流落四方
> 不用低头唤醒沉睡的泥土
> 抬头,如田野一般空旷
> 一群纷飞的鸟雀在空中扑腾
> 就在不远处,但触不可及
>
> 他仍要攒够过年的鸡鸭鱼肉

挂在显眼而衰老的屋檐
让孩子们一望而知
绕膝，围炉，蛙声迎月
讲起得意或后悔的故事

在这首诗里，父亲对于孩子们的爱，在"他仍要攒够过年的鸡鸭鱼肉/挂在显眼而衰老的屋檐/让孩子们一望而知"的意象中，获得了充沛的表达。而"……如田野一般空旷/一群纷飞的鸟雀在空中扑腾/就在不远处，但触不可及"这些叙述，则言说着生命的苍凉与父亲的苍老。比这首诗更让人感怀的是《致失明的母亲》：

你看到的光，是从前
父亲拉着板车贩菜的凌晨
太阳刚刚高过树梢，背影
该回来了。泥泞尽染你心酸的泪滴

你看到的光，是我
在樱花树下与寒梅相守的影子
一株莲荷在河港摇曳
人迹使百花憔悴，欣喜我幸存

你看到的光，是屋后
一排排白杨，现在已成墓地
你没有见过的光，是车马

夜里奋蹄追月，奔向回家的路

现在，你说只能看到夕阳
眼里没有黑暗，田野单调
而寂寥。常年坐在干涸的河边
风是手杖，捎来你所感知的冷暖

我是你的眼。录制关于你的诗篇
呈现一段越来越沉静的光芒
用以陪伴你，还是从前那么清澈
还是你叮嘱过的，与世无争的蔚蓝

对于失明的母亲，作者从母亲最后看到的事物开始叙述，这种方式，更加让人能体恤母亲的衰老、艰难与伟大。还有什么比尊崇母亲的"嘱咐"最令母亲得到安慰的？现在，"我是你的眼"，"我"的诗篇"呈现一段越来越沉静的光芒……还是从前那么清澈/还是你叮嘱过的，与世无争的蔚蓝"，母亲的品质，在作者的诗作中得到彰显。也可以说，那作为这位伟大"母亲"之实质的"名"，真正让人"知道"，是在她儿子的诗篇中。

六

圣虎虽然写了无数的个人之诗，但他绝不是只抒个人之情，他的写作中有更大的抱负，他希望自己的诗，既是个人的、私密的情感经验，又是公众可以理解的，同时也在唤醒一种文学观念：作为读者的"你"，可以体会到诗之意义，甚至，"你"也应该成为诗人。

他在诗集的《跋》中说："有品质的诗歌一定具有共振的特征，而绝非自恋自语。它就在每个人身边，每个人都是诗中人。这本集子也是我现今诗写尝试的部分成全：将一些'与你有关'的诗歌拼接为个人史甚至一段饶有意味的时代片段。……如果这些诗能让你读出似曾相识的日常，若有所思，甚至有些觉悟，或许，它就真的与你有关。"圣虎的抱负，也契合瓦雷里（Paul Valery, 1871—1945）在《诗与抽象思维》一文中说到的一句话："'仅仅对一个人有价值的东西是没有价值的。'这是文学的铁的规律。"

如果在圣虎心目中，诗歌写作是"给所有知道我名字的人"，那这个"名"不一定是"卢圣虎"，而是诗本身，是"诗人"这一特别的存在的形象；写作时所面对的读者，那些值得我们尊敬的、在黑暗的角落为我们舞动双手的"人"，是与我们一样在尘世中流转、在日常生活中寻求诗意与救赎、在苦难中寻求盼望与坚信的灵魂。

荣光启，武汉大学文学院副教授、中国现代文学学会会员。主要从事新诗研究、当代汉语诗歌批评。2008年曾获"中国十大新锐诗评家"提名。

跋

"请你为我再将双手舞动，我会知道你在那个角落。"赵传的歌声在夜里荡漾开来，苍凉，深情，久久氤氲。读诗写诗20余年，这首歌总让我想起那些或暗或明的光阴。人至中年，世事通透，唯诗情未了。而当诗文难以载道，亦无以谋生，苟且寄情于虚光浮云，留点真情感怀罢了。每次听完这首《给所有知道我名字的人》：黑暗中，世界仿佛已停止转动，你我的心不用双手也能相拥……我就百感交集。

  用一首老歌开始诗集的结语，是一件伤感的事。但这就是诗人面对的现状：你所思考的，古人早已留下传统经典；你想要表达的，流行歌曲已经替你传唱；你呕心写出的，其当下价值可能接近于无。

  诗坛现今风生水起，但在县域一角，诗歌并不受待见。坊间有很多关于诗人的笑话总是令人窘急，我仍然羞于谈论自己是一个诗人，虽然这一称谓曾是我的理想。置身车轮滚滚的时代，我越来越认识到，写诗是一件私密活计，再怎么声色日常，再怎么搭台哗众，也是小众的，那种希望新诗能够妇孺皆知的大众化努力既是天真的，也是可怕的。但这并不意味着写诗多么高贵，与很多需要穷尽一生的物质追求相比，写诗显然孤冷而清贫。对我而言，它就是一种寄托，一种念想，甚或一根续命稻草。正如博尔赫斯所说：我写作，是为了让光阴的流逝使我心安。

　　出这本诗集我很纠结。一方面要虑及价值几许，另一方面多少有些"不务正业"，当然也心动于一些诗友对我诗歌文本的纯粹期待。著名作家马竹甚至以"为什么要读卢圣虎的诗"为题不吝推介："卢圣虎的诗歌所要呈现的诗意是什么？有真实如常，有真性如果，有真相如此，有真情如斯。"是否真如评论所言，我很汗颜。感到兴奋的倒是，有人开始关注我在角落里的这种书写：在诗歌面前，主张安静，倾向于以独特个人经验观照现实，以简洁的文字获取澄净而诗意的语感，不拒绝新锐亦不擅长冒险，惯于欲言又止或隐语式地表达我所认知的抵达。这种状态正如维吉尔所说：我已经引导你看见了时间和空间的火焰，在这条界限的那边还有什么，我就看不见了。这样的迷惑也许能靠恒久的书写来释解，当然，也寄望于这本诗集的呈现能请方家厘清指正。

　　收入集子中的大部分诗作是近两年所写，仅收入了2016年前的12首旧作（第六卷）。有人说这几年是我创作的喷发期，事实上我在诗写上一直没有懈怠。生活中除了足球和麻将，我还没有发现比写诗更让我着迷的业余喜好。这次梳理了400多首近作，进行了多轮遴选，最终留下了这近200首诗。

　　取名"或许与你有关"有两层含义。内容上，我专注于"与你有关"的命运阐释。有生命力的诗歌一定存在于自我与及人及物的神性对应中，既是诗人独特体验之具象诗化，也是大众日常经验之形象升华。它的前提是：真实和性情。这本集子里的每首诗，都能让我轻易地想起过去的某一天，某一天的场景、经历、人物和点点感悟等。从诗艺范畴上说，有品质的诗歌一定具有共振的特征，而绝非自恋自语。它就在每个人身边，每个人都是诗中人。这本集子也是我现今诗写尝试的部分成全：将一些"与你有关"的诗歌拼接为个人史甚至一段饶有意味的时代片段。

"或许"，就是不确定或可能性。多年的写诗经验告诉我，好诗的不确定性、不完整性和不可言说性，是诗歌有别于其他艺术文本的内在魅力。诗不是分行的微型小说和散文，也不是空洞无物的口号或宏论，诗义的多元化或不确定性向来是诗歌的传统美学，比如唐诗宋词，胜于语言，更得益于意境的多姿多彩。从历史比较学的角度来说，一首公认的好诗也并非尽善尽美，单纯从结构、语言等技术层面考究也经常会经不起推敲。这好比《断臂的维纳斯》雕塑，结构的不完美恰恰体现了它不可复制的艺术之美。文无成法，诗无达诂。一千个读者就有一千个哈姆雷特，诗歌的不可言说性体现于理性和宽容的批评，而不是个人好恶或圈子壁垒。

"或许与你有关"，这仅仅是我个人写作的一种愿望。但至少在诗歌创作的实验层面，它为我提供了追求多样化的诗写方向及兼容并蓄式的鉴赏气度。而这些，在集子中均可找到或深或浅的痕迹。相比盲从或武断的习性，适度的清算和谦逊或许更能让我们不经意间抵达诗歌本身，包括诗写、阅读和批判。

罗素说，如果一生中能读到一本好书，在阅读中又感到乐趣，这种乐趣又把我们引入到思考中，在思辨中再得到更大的乐趣,这才是一本好书应有的价值。这一标准同样适用于诗歌及所有艺术生产,并可以引申至为人处世的品行标尺。如果这些诗能让你读出似曾相识的日常,若有所思,甚至有些觉悟,或许,它就真的与你有关。

是为跋。

卢圣虎

湖北大冶

2018. 10. 9